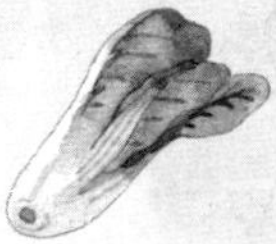

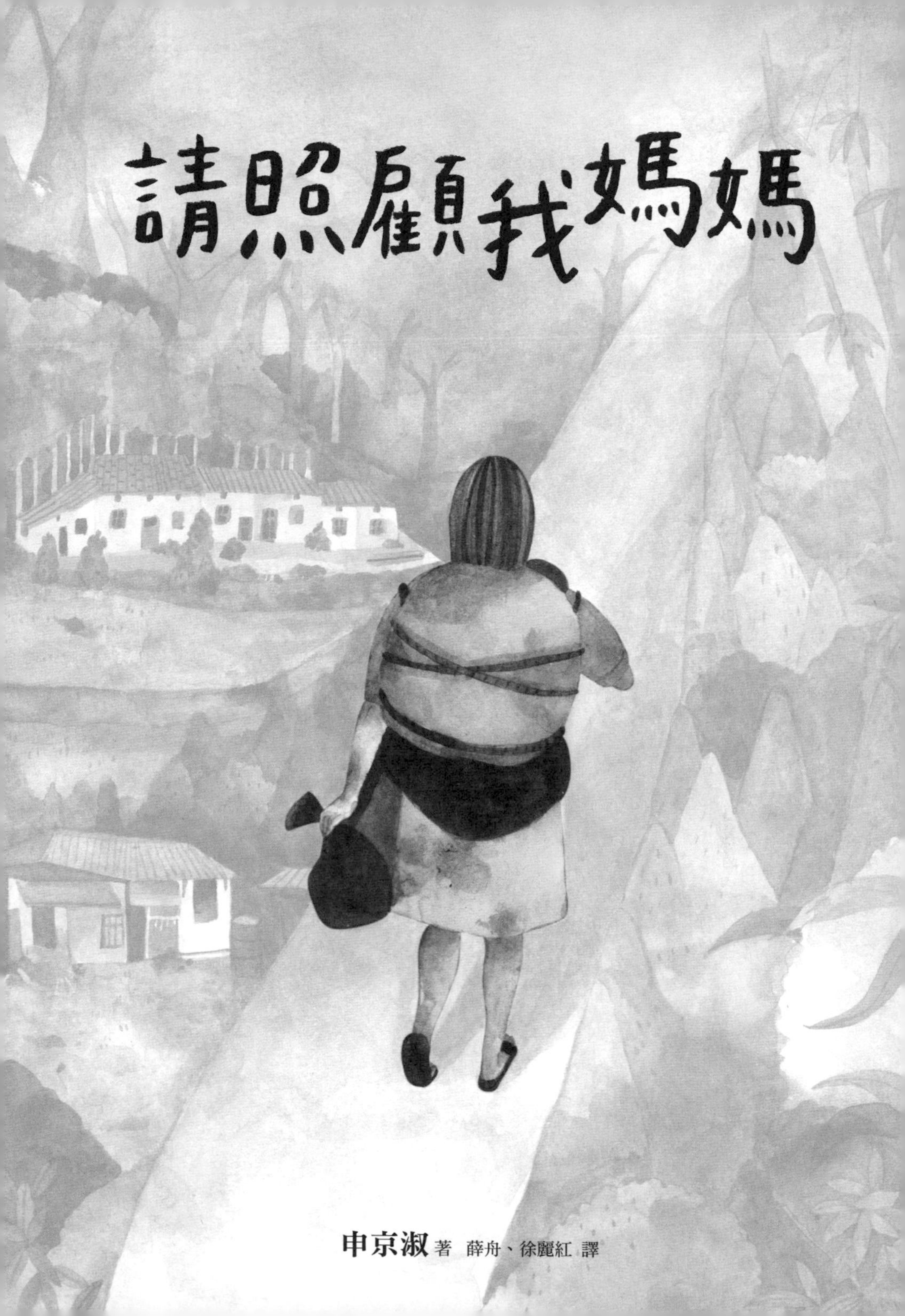

請照顧我媽媽

申京淑 著　薛舟、徐麗紅 譯

愛吧，盡可能地去愛吧！

——李斯特

全球感動好評

・這本書其實挺適合台灣的「兒女」看。尤其是老覺得媽媽太囉唆、太老套、太落伍的「兒女們」。當你在城市待久了，無論人或心或觀念都和父母的距離越來越遠的時候，請記住：那是你離開他們，不是他們離開你。這本書就是一面鏡子，讓兒女看到自己眞正的面貌。

導演　吳念眞

・好看的小說，動人的故事。探觸了都市化疏離的人心。母親就像你和我失落的故鄉——在叫喚中，能聽見亞洲社會變遷中的心靈風景，値得一讀。

詩人　李敏勇

・不要說我的哭點低，不要管她的文學價值，在淚眼模糊中讀完《請照顧我媽媽》，我才發現我還有很大的空間了解我的媽媽，愛我的媽媽，更細膩的照顧我的媽媽。

圓神出版發行人　簡志忠

・很多東西因爲輕易得來，不小心就視爲當然的忽略了。養兒育女之後，才懂得欣賞並感恩媽媽的存在！然而又有多少人得等到失去、才遺憾自己未曾珍惜？這本書不只令人感動落淚，更敲醒所有爲人子的迷惘！

富邦文教基金會董事　陳藹玲

・閱讀這本書時，我的眼中一直有淚的薄膜，腦海裡則不斷浮現我媽媽的身影。書中的媽媽失蹤了，但有太多的媽媽們早已因爲全心全意照顧家庭而失落了自己吧？我想，每個有媽媽的人都應該讀讀這本書；也都應該趁著還來得及的時候抱抱媽媽，對她說一聲：「媽媽，我愛妳！」

作家　彭樹君

・相信所有看過書的人，都能從書裡的枝微末節找到自己對媽媽的情感共鳴與出口，然後一點點的被提醒，可能慶幸著自己還有機會去愛媽媽；或者被撫慰，原來不是只有我曾忽略了媽媽；甚至被救贖，不管媽媽在不在身邊，也一直在我們心底保留了她的特別座……

愛書人　沈蕙婷

‧一向看似不起眼的母親無私又嘮叨的愛，只有在突然消失時，才會驚覺到它的存在與價值。母親的失去蹤影，喚醒了子女開始注意到母親也是一個平凡的人，也同樣需要周遭親人的噓寒問暖與關懷。本書透過不同人物的視線，將記憶中畢生奉獻給子女卻無怨無悔的母親形象，生動地逐一呈現在讀者眼前。申京淑以她擅長述說故事的筆觸，將你我身邊最平常也最容易疏忽的老人（尤其是失智雙親）關懷問題點醒開來，她告訴我們即使現在才醒悟也不嫌遲。

政大韓文系教授　曾天富

‧因爲媽媽讓「家」可以持續自轉，所有家人才能穩當的公轉下去。請照顧我媽媽——所有媽媽的孩子們，在讀完全書之後，都會這麼向神祈禱。

劇場觀察家　李立亨

‧這是瀕臨絕種的珍貴小說。作者把此題材處理得相當漂亮，毫不庸俗粗氣。除了具備推理小說的懸疑感，更把母親自己的欲求、苦惱和徬徨精準寫出，這才是最讓讀者震撼之處。

韓國文學評論家　白樂晴

·萬衆矚目中，《請照顧我媽媽》終於在美上市。最不起眼的小回憶，卻有著最令人難以忘懷的故事。

《圖書館人》

·申京淑的書寫帶出親暱又揪心的氛圍，敘事人稱的跳動更是強而有力地擊中淚點。

《紐約時報》

·跟隨著家人的敘述，讀者一起展開瘋狂尋找媽媽的旅程，但又同時不禁思考，在這麼溫柔、細膩、吸引百萬人閱讀的筆觸之下，到底失蹤的女人是誰？又或者還有什麼也跟著失落了？

《獨立報》

·這本書有太多值得畫線牢記的句子，但沒有一個比得上：現在就打電話給你媽媽。書中描述了許多讓讀者怦然落淚的記憶，其實是引我們想起那些試圖追回與追不回的生命片段。

《華盛頓郵報》

‧敬告親愛的讀者，這是一本會改變你對母親記憶的小說，也是你們會想再讀一次的小說。

《悲喜邊緣的旅館》作者　傑米‧福特

‧作者彷彿是煉金師，將四種聲音交織在一起，寫出一個令人心碎的家族之謎。雖然這是一個普遍的主題，但它卻是一部了不起的小說。

《雙生石》作者　亞伯拉罕‧佛吉斯

‧《請照顧我媽媽》除了是部描寫家庭連結的動人小說，更深刻描繪出由小城鎮至大都市的幻滅與成長。這是一部橫跨國界的家庭小說。

作家　蓋瑞‧席汀卡特

‧當這家人為了尋找母親開始拼湊回憶時，作者給了母親聲音，說出心中的想法，讓讀者明白，有了母親這一塊拼圖，家，才會完整。

《書單》

・隨著記憶的累積與浮現，敘事越趨震撼，直入每個角色的心理層面。儘管故事散發淡淡的悲傷氛圍，讀者必能在這家人身上找到共鳴。

《出版人週刊》

・《請照顧我媽媽》幫我們找回遺忘已久的媽媽。

《韓民族報》

・寫給大地上所有母親的心曲，讓每個讀者熱淚盈眶。

《韓國日報》

・這是給默默犧牲、忍受痛苦的母親們的獻詞。

《世界日報》

・充滿力道、讓人脆弱無比的動人小說。本書層次豐富有如洋蔥，當你一瓣一瓣地剝下時，淚也一滴一滴地滑落。

美國讀者　PT

・為什麼會這樣呢……？他們怎麼會讓「媽媽」走失了……？又不是自己的媽媽走失了，為什麼這個故事讓人讀起來感同身受?這本小說就是這樣讓人很難不讀下去。

韓國讀者　小草

．母親對子女無條件的愛，一如聖母面對死亡也毫不畏懼的至上母性。作者以我們容易解讀的文體表現了一位母親、一個獨立的人格體所擁有的思維。這本小說的架構絕對會強烈撼動閱讀者的心情。

韓國讀者　Ceagee

推薦序

媽媽是個狀聲詞

楊富閔

連讀韓國作家申京淑的《請照顧我媽媽》兩次，第一次純粹就內容跟著小說家的筆觸去尋找失蹤的媽媽，第二次讀的是支撐小說的章法形式，而這內容與這形式其實彼此交錯影響，如果同步掌握，可以更加立體地進入失蹤媽媽朴小女的故事。目前讀者對於這部小說的熱烈迴響，除了指出動人的情節之外，我認爲小說家賦形其上的敘事結構與寫作技法才是關鍵。

這部小說以五個章節處理母親的失蹤，分別通過不同的觀點引領我們看到母親的生活，我們因而在視角的切換之下，慢慢拼湊而出作爲母親的朴小女與她的家庭面貌。我覺得這個觀點的切換，致使這部相當感性的小說也有了它理性的層次，並在一個相對客觀的距離，讓連同讀者在內的每個親人，共同逐步找回那杳無音訊的母親。

故事的開場，是從撰寫尋人啓事啓引的。子女對於如何名狀一個與母親當下最爲相似的形象，出現分歧的意見，母親的形象已然開始分裂。饒富意義的是，朴小女、她的丈夫、她的子女，乃至作為讀者的我們，彷彿一起參與這張啓事的撰寫、張貼，看著它不停複製貼上地出現在首爾地鐵及其附近區域，而母親失蹤的消息，便漸漸在這座城市傳了開來。只是這張啓事之前，行人去去來來，如同一個流動的觀點，如同這本小說不停切換的視線。我們不妨試想：朴小女是否曾經來到告示之前，那麼，她如何看著紙上形構出的自己？而作為讀者的我們，同時也是首爾地鐵與車廂、月台的一名行客，也許無意之間，曾從她的子女手中接過這張紙；甚至可能與朴小女擦身而過，恍惚看見一個極其神似的身影，只是，終究各有各的人生要過，最後匆匆隱沒於地鐵洶湧的人潮之中，剩下這張啓事呼喚著那張啓事。

換言之，觀點的切換，除了藉由不同視角帶領我們重構母親形象，它更意在形成一個距離，接駁我們看著作為子女、作為丈夫與作為母親相關的人情世故，逐漸朝向一個接受母親可能不在的事實。「母親去了哪裡？」與「母親可能死於何處？」，兩個看似不同的發問，卻已是言在此而意在彼了。因之，小說寫道那位獨自回到老家的父親、忙於照料子女的小妹、穿梭職場的大哥與他的家庭，還有飛向異國並且遇見玫瑰念珠的作家女兒，再加上作為讀者的我們，其實全在故事行進之間，靜默守著這個不能直說的擔懼——母親可能或者（已經）不在了。這個潛在小說並且沒有實寫的題目，卻是這部作品很虐心的主旋律。

然而一切僅僅止於失蹤。因著失蹤，啓動了每一人關於母親的記憶，這個儀式，正是小說寫道：「對你而言，媽媽就是媽媽。你從未想過，媽媽也有蹣跚學步的時候，也有三歲、十二歲，或二十歲的時光。」（46頁）的一個深沉的應答——每個人都在重新認識「朴小女」。然而，讓人印象最深的句子，並且引領這個故事的層次往下深掘的，我以為更是這句：「明明知道家裡沒人，你還是又喊了聲媽媽。」（40頁）這聲「媽媽」到底所喚為何呢？我想起小學時期的國語作業，其中一道測驗要我們塡寫狀聲字詞，我們知道答案就是「啾啾」「淙淙」等課本教過的疊字，那時有個同學，寫下「媽媽」兩字被打錯誤，檢討考卷的時候，還被特別加以說明。但是「媽媽」為什麼不是個狀聲詞？「媽媽」是一種聲音。朴小女失蹤之後，並不如同常見的劇情套式，去描述因為尋找母親而出現的聲聲吶喊，但他們眞眞切切正在失去呼喚母親的權利，看似無聲實則句句充斥字裡行間。

也是因為觀點切換，得以讓母親的故事不落入單一視域，有了藉由不同人設的發言，提供更多詮釋與理解的篇幅。「母親」作為一個從古至今複寫不止的巨大命題，來到《請照顧我媽媽》這部小說，因此有了它的當代意義。誠如前段所述，每個人物，基本上都走在重新尋回朴小女的路上，只是路上伴隨的風景，因著各自與朴小女的交集而有所差異。我們必須承認：朴小女在失蹤之前，子女早已逐漸失去他們的母親、丈夫業已逐漸失去了他的妻子，而朴小女同樣緩慢丟掉了自己。換言之，觀點的切換，除了提示著母親形象的複數多元，同時也照見了個人的見與不見。從第一章以「你」的視角的作家女兒出發，來到長子亨哲、丈夫等角度，再到朴小女自我的發聲，層層推進，同時留下諸多線索，提供讀者自行續衍，這些線索怕是親如家人，也都不曾加以留意的細節。也就是說，不同章節彼此能夠互文補充，如同家人也在各自關於母親的記憶之中，想起那時某個部分的自己。

除此之外，這部小說尚有幾個部分值得我們延伸閱讀。比如作爲文明表徵的首爾城市，不僅是整體家族成員朝向現代的一個進程，同時也是朴小女一家日後確認家庭功能還在運作的重要空間。然而朴小女最後也在這座城市與家人失聯，首爾之於他們原生故居的意涵充滿轉折；比如母親與原生家庭的那一條線，故去的阿姨，對於母親造成的打擊，以及走在通向外婆家的近路，提醒我們作爲媽媽的朴小女，也曾是別人家的子女；又或者母親生產小女兒的現場，坐在身旁的年幼的大女兒，如何能夠親睹自己母親的生產，又如何能夠在成人之後，與妹妹共同面對母親失蹤？從此一脈絡理解妹妹最後給予的信件，也就格外彰顯姊妹情感的張力；而回到丈夫的脈絡，他們之間的婚姻，小說家同樣間接地從大姑與小均兩個角色，先是帶出丈夫與其手足之間的關係，再帶入作爲妻子的她，如何置身其中進行周旋，並替自己找到活路。這個手法類似開場通過一張告示，拉開這個失蹤故事的序幕，小說家於此同樣迂迴、客觀，並不給予更多的價值判斷。我們因此明白：朴小女具備多重身分，她隸屬在不同的情感網絡，並且形塑了現在的她。然而此刻她最需要的其實是一個與自己交談的餘地，比如她最愛置身在那間堆滿女兒書籍的儲藏室。

所以第四章在前述章節的埋線鋪陳與情感堆疊之後，選擇以一個「我」的觀點加以陳述，故事益發曲折且幽深，牽動的人稱變化也就更加豐富。這裡的描述如同獨語，卻因從「我」的觀點出發，而有了對於內在繁複且眞誠的探掘。第四章的故事幾乎交代、或者改寫了前面對於母親形象的描繪，我們藉此看到了母親也有她自己的故事，而她的子女與她的丈夫，又如何在這個屬於母親的故事之中，重新找到屬於自己的位置？身爲讀者的我們也才驚覺：故事纏繞許多難以解套的死結，極其沉重。當你來到熙來攘往的首爾地鐵站，從失蹤啓事緩慢步入這則故事的核心，終於明白何以需要不斷轉換視角，並做一個長長的深呼吸。

我自己非常喜歡第四章對於小女兒與其婚後生活的細緻描述，究竟是母親的眼睛，才能如此鉅細靡遺透析子女所處的環境。這個自剖的敘事，極其溫柔極其抒情：「可是現在，我幫不了你。哄著孩子睡覺的時候，我的女兒也睡著了。是啊，你好辛苦啊。我的孩子抱著自己的孩子睡著了。」（218頁）我的孩子抱著自己的孩子睡著了，這個畫面仍是來自作爲母親的朴小女，而她的牽掛與疼惜超越時間與空間，直至她的子女也已作爲他人的母親，我們這才發現朴小女已經當了太久的媽媽。我們的媽媽，是個老媽媽了。

閱讀這本小說，我們不免同情共感的想起自己的母親，繼而也潛入了自己關於母親記憶的大數據。我想起當年那個將「媽媽」寫成狀聲詞的同學，其實在心裡我覺得他是對的，因爲我也曾經這麼想過；我還想到剛剛開始學習美語，我們學會許多呼喚媽媽的方法：「mother」或者「mom」。但我平常練習最常使用的其實是「媽咪」，在家我常是媽咪長媽咪短地叫。有次課堂對話，同學聽到之後摀嘴偷笑，彷彿我喊媽咪太過親暱，而我也眞就從此捨棄這個用法。我對家人如何呼喊母親的方式很感興趣：祖母喊曾祖母是「阿娘」，父親喊祖母是「母啊」，母親喊外婆是「痲啊」，我現在很平常地喊「媽媽」。我也聽過喊「卡桑」「姨仔」的，也見過終其一生母子母女形同陌路，根本沒在說話。而朴小女的子女是怎樣呼喚她呢？

我們可以回到小說的第一章找到解答，身爲小說家的女兒，曾經有過同樣的提問。她發現她正逐漸將媽媽喊成了母親，知覺已身正在無形之中，變成老家母親的客人。而當她半夜醒在母親特地騰出而專放她作品的居處，突然驚覺：「你的書在黑暗中幽幽地看著你。」（59頁）讀完這本小說之後，我的腦袋時常浮現這個句子，也常常想到這批書籍。那一本又一本的女兒的著作，是不是也在竊竊私語。它們儼然已是這個家庭的一個部分，在母親失蹤之後，安安靜靜，留在原地，世事全部看在眼底。直至某天，帶著玫瑰念珠的作家女兒回來了，我多麼想要知道：在她在進門之後，走到儲藏室之前，不知會否突然忘記母親已經不在，於是習慣性地喊了一聲又一聲的媽媽呢？

（本文作者為小說家，著有《花甲男孩》《為阿嬤做傻事》等書。）

目次

第一章

沒有人知道

媽媽失蹤已經一週了。

你們一家聚集在哥哥家裡，經過一番深思熟慮，決定製作尋人啓事，散發到媽媽失蹤地點的周邊。你們決定先起草尋人啓事。這是古早的方式了。家裡有人失蹤，失蹤的還是媽媽，能做的卻只有這麼幾件事。報警失蹤、四處搜尋、逢人便問是否見過這個人，或者讓經營網路服裝店的弟弟透過網路發表聲明，公告媽媽失蹤的經過和場所，同時上傳媽媽的照片，請民衆如果看到相似的人與你們連絡。雖然也想過媽媽可能會去的地方，但是你也知道，這個城市裡幾乎沒有媽媽一個人能去的地方。「你是作家，寫尋人啓事的事就交給你吧。」哥哥點了你的名。作家？你就像做了虧心事被人揭穿似的，臉紅到了耳根。你筆下的某個句子，眞的能幫你們找到失蹤的媽媽嗎？

一九三八年七月二十四日生，當你寫下媽媽的生日，父親卻說媽媽出生於一九三六年。身分證上寫著三八年生，實際是三六年生。你還是第一次聽說這件事。父親說，當時就是這樣，很多孩子出生不滿百天便夭折了，只好養到兩、三歲以後再去登記戶籍。你想把三八改成三六，哥哥卻認爲既然是個人資料，寫三八年比較妥當。**這是我們自己寫的尋人啓事，又不是户政事務所，爲什麼不寫事實，卻寫户籍資料呢？**雖然你心存疑問，不過還是默默地修改了數字，三六又變成了三八。同時你又想到，媽媽的生日七月二十四日，這是正確的嗎？

媽媽從幾年前就說，不要再爲她單獨過生日了。父親的生日比媽媽早一個月。以前每逢生日或其他紀念日，你們這些住在城裡的子女都會趕回位於J市的媽媽家。如果大家都聚齊了，光是直系親屬就有二十二人。媽媽喜歡家人團聚的喧鬧氣氛。每次家庭聚會，她會提前幾天醃泡菜，到菜市場買肉，準備牙膏、牙刷。她還要榨香油，把芝麻和荏子分別炒熟搗碎，讓你們走的時候，可以帶上一瓶。你媽媽在等候團聚的日子裡，無論是遇見村裡的鄰居，還是在市場碰到熟人，總是喜氣洋洋，言談舉止間洋溢著驕傲。儲藏間裡密密麻麻地擺滿各式各樣的玻璃瓶，裡面裝著她在每個季節釀製的梅子汁或草莓汁。媽媽的醬缸裡，則裝滿了準備分發給大家的黃石魚醬、鯷魚醬和蛤蜊醬。聽人說洋蔥好，她就做洋蔥汁。趕在冬天來臨之前，她做好添加甘草的老南瓜汁，送給生活在都市的子女。媽媽的家就像個工廠，一年四季都在爲外地工作的子女製作些什麼。大醬醃好了，清醬發酵了，大米磨好了。不知從什麼時候開始，在外工作的你們回去J市的次數越來越少，反而是爸媽一起來看你們的次數變多了。爸媽的生日也改爲在城裡餐廳慶祝了。這樣一來，的確省事些。後來媽媽說：「我的生日就跟你父親一起吧。夏天太熱，還有兩次拜拜要忙，每次都要花上兩天時間才能完成，哪有時間過生日啊。」聽媽媽這麼說，起先你們都說這怎麼行。即使媽媽不願到城裡來，你們也會三三兩兩地趕到鄉下給媽媽過生日。又過了幾年，大家在父親生日那天也爲媽媽準備好禮物，媽媽的生日就這麼過去了。媽媽喜歡給家裡的人買襪子，然而買回來的襪子很多都沒被拿走，結果放在衣櫃裡越積越多。

姓名：朴小女

出生日期：一九三八年七月二十四日（六十九歲）

外貌：短燙髮，白髮很多，顴骨較高。身穿藍襯衫、白外套、米色百褶裙。

失蹤地點：地鐵首爾站

關於用媽媽哪張照片，意見又出現了分歧。儘管大家都同意應該用近照，然而誰也沒有媽媽最新的照片。你想起來了，不知從何開始，媽媽開始討厭照相。照全家福的時候，媽媽也在不知不覺間悄悄離開了，照片上唯獨沒有媽媽的留影。父親七十大壽時的全家福裡留有媽媽的面容，那應該是最近的模樣了。那時候媽媽穿著淺藍色韓服，還去理髮店梳了高髻，塗了紅色唇膏，顯然是精心打扮。弟弟認爲照片裡的媽媽和失蹤之前的樣子相去甚遠，就算把照片上的媽媽單獨放大，恐怕看見的人也認不出來。照片放到網路上以後，有人留言說媽媽很漂亮，看起來不像無助的迷路老人。於是，你們決定繼續看看有沒有其他照片。大哥要你再補充些句子。你怔怔地望著大哥。大哥說，多想點能夠打動人心的句子。打動人心的句子。**請幫我們尋找母親**，你這樣寫道。大哥說這太普通了。**尋找母親**。寫完之後，大哥說「母親」這個稱呼太正式了，你說改成「媽媽」。**尋找我們的媽媽**。大哥又說這樣太孩子氣了。**如果看到這個人，請盡快和我們連絡**。你剛寫完，大哥勃然大怒，「虧你還是作家，除了這幾句就寫不出別的來了！」你百思不得其解，究竟什麼才是大哥所謂的打動人心的句子？這時二哥說話了，「打動人心？寫上酬謝金額就能打動人心了。」於是你寫道：**將有重賞**。「那是什麼意思？」這次是嫂子有意見。「必須寫出準確的金額，別人才看得見。」

「那要寫多少？」

「一百萬[1]？」

「太少了。」

「三百萬？」

「好像還是有點少吧？」

「那就五百萬吧。」

面對五百萬，誰也沒有多嘴。於是你寫道：願奉上五百萬圜作爲酬金。寫完之後，你畫上句號。二哥要求改爲「酬金：五百萬韓圜」。弟弟則要你把五百萬寫大一點。然後你們決定各自回家找媽媽的照片，碰到合適的直接寄到你的電子信箱。補充啓事內容和印刷事宜由你負責，弟弟則負責發送尋人啓事。「分發尋人啓事可以另外找個工讀生來做。」你剛說完，大哥就接過話來了，「這件事應該由我們來做，平時大家各忙自己的事，抽空做就行了，週末大家要一起行動。」

---

①此爲韓圜金額，約二萬六千台幣。一韓圜約〇．〇二五九台幣。本文出現金額皆以韓圜爲單位。

「這樣什麼時候才找得到媽媽啊？」你嘀咕道。

大哥回應，「能做的事情都有人在做，我們之所以必須親自發傳單，是因爲總不能什麼事都不做吧？」

「什麼是能做的事情？」

「報紙廣告。」

「報紙廣告就是全部能做的事嗎？」

「不然你要怎麼辦？從明天起，放下所有的工作，挨家挨戶地瞎逛？如果這樣就能找到媽媽，我馬上做。」

你不再跟大哥爭執了。你已經習慣了。**你是哥哥，你說怎麼辦就怎麼辦！**你突然醒悟，即便在這樣的情況之下，多年來無論大事小事都推給大哥的習慣仍在暗中作祟。你們把父親留在大哥家，就匆忙分開。再不分開，恐怕又要吵起來了。過去一週總是這樣。大家碰頭是爲了商量如何找到媽媽，想不到你們兄弟姊妹卻總是指出其他人平時對不起媽媽的地方。轉瞬間，曾經縫合的往事紛紛膨脹起來。結果有人咆哮，有人抽菸，有人奪門而去。剛聽到媽媽失蹤的消息，你忍不住發了脾氣，「家裡這麼多人，怎麼沒有人去首爾站接他們呢？」

「那你呢？」

「我？」你無言以對。你是在四天之後才知道媽媽失蹤了。你們相互推諉媽媽失蹤的責任，每個人心如刀割。

辭別大哥，你坐地鐵回家，卻在媽媽走失的首爾站下車了。你走向媽媽失蹤的地點，那麼多的人與你擦肩而過。你站在父親鬆開媽媽雙手的地方，仍有那麼多人擦著你的肩膀，前前後後地走過。沒有人說抱歉。你的媽媽茫然失措的時候，人們也是這樣擦身而過。當年，你要離開媽媽到首爾的前幾天，媽媽牽著你的手，去市場裡的服裝店。你挑了件樸素的連身裙，媽媽卻把一件肩線和裙邊綴有蕾絲的裙子遞到你面前。

「這件怎麼樣？」

「唉……」你嘆著氣推開了。

「怎麼啦？試試嘛。」當時還年輕的媽媽瞪圓了眼睛。花俏的連身裙和媽媽頭上的毛巾形成了鮮明的對比，猶如兩個截然不同的世界。

「太幼稚了。」你說。

「會喔？」媽媽問，她似乎還是覺得惋惜，前前後後打量著那件連身裙。你有些歉疚，不該說媽媽幼稚的，於是又說：「這也不像媽會穿的風格啊。」這時，你的媽媽說，「不，媽媽喜歡這樣的衣服，可惜穿不了。」

對一個人的回憶可以追溯到哪裡呢？關於媽媽的回憶呢？

自從你聽說媽媽失蹤的消息之後，你的心裡再也沒有片刻安寧，曾被遺忘到九霄雲外的往事都紛紛湧現。無窮無盡的悔恨從記憶的盡頭紛至沓來。當時要是試試那件衣服就好了。你在車站坐了下來。媽媽會不會也蜷縮著身子坐在這裡？那天你執意挑選自己喜歡的連身裙，沒過幾天你就來到了首爾站。送你來首爾的媽媽邁著自信的腳步，彷彿能鎮住俯視人群的高樓大廈。媽媽緊緊拉著你的手走過洶湧的人潮，走過廣場，走向站在鐘樓下等你的哥哥。如今媽媽卻迷路了。看到地鐵進站的燈光，湧過的人們紛紛對你側目，似乎覺得坐在地上的你有些礙事。

你的媽媽在地鐵首爾站鬆開了父親的手，而那時候的你在中國。你和幾位作家前去參加北京國際書展。後來想想，媽媽在地鐵失蹤的時候，你正在書展的某個展位上，端詳著你被譯成中文的作品。

「父親爲什麼不搭計程車，而去坐地鐵？只要不坐地鐵……」

父親說，既然火車站和地鐵站相連，何必非要出去找計程車呢？所有的事情，尤其是壞事，往往在發生之後才感到後悔。當時眞不應該那樣啊。大家憑什麼相信父母能夠自己找到二哥家呢？以前，總會有人去地鐵站或客運站接父母，這向來是理所當然的事。不管是去這個城市的什麼地方，父親不是坐你們兄弟姊妹的車，就是搭計程車，然而那時爲什麼會想到坐地鐵呢？父親說，是媽媽想和他一起搭搭看剛進站的地鐵。父親進了地鐵，媽媽就不見了。當時偏偏是混亂不堪的週六下午。媽媽被人潮挾持著，一不小心鬆開了父親的手，驚慌失措的時候，地鐵已經出發了。父親拎著媽媽的提包，媽媽卻兩手空空，獨自留在地鐵站裡。那時候你已經離開書展，正趕往天安門。這是你第三次去北京，卻從來沒有來過天安門廣場。從前只是坐在公車或汽車裡呆呆地凝望。爲你導覽的學生說，距離晚飯還有點時間，要不要去天安門廣場看看？你們都同意了。你在紫禁城前走下計程車的時候，獨自留在地鐵站裡的媽媽在做什麼呢？走進紫禁城後，你們很快就出來了。整個北京城都在施工。據說是爲了迎接隔年的奧運會。紫禁城也在施工，只有局部開放，而且關門時間也快到了。你想起電影《末代皇帝》裡，老溥儀回到度過童年的紫禁城，告訴小遊客要給他看樣東西，然後從龍椅下面拿出以前藏在這裡的蟋蟀籠子。掀開蓋子，溥儀小時候玩過的蟋蟀還活著。

你去天安門廣場的時候，你的媽媽是不是悵然若失地站在洶湧的人潮中呢？也許她在等待有人來迎接自己。連接紫禁城和天安門廣場的道路也在施工。廣場近在眼前了，然而必須穿過複雜如同迷宮的地下通道才能到達。你抬頭仰望飛舞在天安門廣場上空的風箏，這時候你的媽媽卻絕望地坐在地下通道，也許還低聲呼喚著你的名字。天安門的鐵門洞開，武警踢著正步行進，你欣賞了五星旗的降旗典禮，這時候你的媽媽也許正在迷宮般的通道裡徘徊又徘徊。當時看見你媽媽的車站人員也證實了這點。他們看見那個被推定為你媽媽的年邁婦女蹣跚地走著，有時跌坐在地，有時呆立在電梯前。也有人說，那個像你媽媽的老人在地鐵站裡坐了很久，後來搭了一班剛進站的地鐵。那天夜裡，你的媽媽消失了，無影無蹤，而你和你的作家朋友卻驅車趕往燈火輝煌的北京美食街，紅燈高照中，你們品著酒精濃度高達五十六的中國美酒，享用著紅油烹炒的滾燙香辣蟹。

父親說他在下一站下車，趕緊搭車回到和媽媽失散的首爾站，然而媽媽已經不在了。

「就算沒坐上地鐵，也不會迷路吧？地鐵站都有導引啊。難道媽媽不會打電話？去公用電話打電話不就行了？」

嫂子不解，「沒坐上地鐵就找不到兒子的家了嗎？媽媽會不會還有其他事要辦？」其他事？嫂子這麼說，是因爲她依然把媽媽看成是從前的媽媽。「媽媽也會迷路。」你說。嫂子瞪大了眼睛。嫂子不是也知道媽媽現在的狀態嗎？嫂子的神情彷彿在說：我什麼都不知道。媽媽現在的狀態，大家都知道。而你們也都知道，媽媽或許再也回不來了。

你是從什麼時候知道媽媽不識字的呢？

大哥離家後，你要替媽媽寫下她想說給大哥的心裡話。也就是從這個時候開始，你學會了寫信。你哥哥在你們的小鎮上讀完了高中，獨自準備了一年時間的公務員考試，然後接到任命進城了。這是媽媽第一次和自己的孩子分別。當時還沒有電話，唯一的連絡方式就是寫信。城裡的哥哥在信紙上寫滿了碩大的字，寄給村裡的媽媽。你媽媽準確地知道哥哥的信哪天到達，猶如神靈般分毫不差。每天上午十一點，郵差騎著腳踏車來到你們村裡，前面掛著大大的郵包。哥哥來信的日子，無論是正在田裡耕作，還是正在水溝裡洗衣，媽媽都會準時趕回家，親手接過哥哥的信，然後等著你放學回家。你剛放學，媽媽就把你拉到後院，掏出哥哥的信遞給你。「大聲讀吧。」媽媽說。離家的哥哥總是以敬愛的母親大人開頭，好像是從教科書裡學來的書信格式。哥哥首先詢問鄉下老家的狀況，然後轉達自己的平安。哥哥在信中說他每週都把換洗衣服送到堂嬸家，請她幫忙洗。這是媽媽殷切叮囑堂嬸的事。哥哥說，伙食很好，而且因爲在公家機關上班，所以連住宿的地方也解決了，請家人不必擔心。哥哥說，既然已經來到這裡，就沒有什麼做不成的事情了，而且他想做的事也很多。哥哥表達了自己的決心，那就是一定要成功，一定要讓媽媽過幸福的生活。哥哥老練又豪邁地寫道：母親，請不要爲我擔心，您一定要保重身體。你大聲讀著哥哥的信，偶爾隔著信紙看著媽媽，只見媽媽眼睛眨也不眨，靜靜地望著後院的芋頭和醬缸。媽媽的耳朵像兔子似的敏銳，唯恐漏掉一字一句。讀完了信，媽媽讓你在信紙上寫下她自己的話。媽媽的第一句話是給亨哲。亨哲是你大哥的名字。媽媽說給亨哲，你就寫下給亨哲。媽媽沒說句號，而你還是在名字後面畫了個句號。媽媽呼喚亨哲呀，你就寫下亨哲呀。媽媽好像忘了要說什麼，說完亨哲之後，便陷入沉默。你把滑落的短髮拂到耳後，手裡抓著原子筆，豎起耳朵看著信紙，等待媽媽下面的話。媽媽說天氣轉涼了，你就寫天氣轉涼了。唸完給亨哲之後，媽媽接著說天氣。春天來了，百花盛開。夏天來了，稻田裂紋。秋收時節，田壟上到處都是大豆。只有給哥哥寫信的時候，媽媽才不說方言土語。**家裡的事不用擔心，希望你照顧好自己。媽媽沒有別的囑咐了。**媽媽給亨哲的話語終於變奏爲感情的湍流：**也幫不上你的忙，媽媽心裡很難過。**你在信紙上一字一句地謄寫著媽媽的話，啪的一聲，斗大的淚珠掉落在媽媽的手背。媽媽的最後一句話總是不變：**千萬不要餓肚子啊。媽媽筆。**

你是家裡的老三，每次哥哥們離家時，你都親眼目睹了媽媽的悲傷、痛苦和牽掛。送走大哥之後，你的媽媽每天早晨都要擦拭醬缸檯上的醬缸。水井在前院，光是提水就很費力，然而媽媽還是擦完了擺滿後院的全部醬缸。她還掀開蓋子，前前後後擦得潤澤透亮。擦拭醬缸的時候，媽媽還會哼著歌：**若不是大海隔開你我，也不會有這辛酸別離……**媽媽不停在冷水裡浸泡抹布，撈出擰乾，忙碌地穿梭在醬缸之間，依舊哼唱著：**你不會哪天拋下我吧？**這時候，如果你喊聲「媽媽」，而你的媽媽回頭張望時，她那憨厚如老牛般的眼睛裡，已然淚水汪汪了。媽媽站在醬缸前呼喚哥哥的名字，亨哲呀！突然間筋疲力盡似的跌坐在地。這時你悄悄地抽出媽媽手裡的抹布，高高地抬起媽媽的手臂，讓她摟住你的肩膀。

媽媽疼愛你大哥的方式，就是在他結束晚自習回家之後，給他煮碗泡麵。偶爾你跟男友提起從前的故事，他回應道：「不就是泡麵嘛。」

「什麼叫『不就是泡麵嘛』？當時泡麵已經是頂級美味了，要偷偷吃，不能分別人吃的。」即便你這樣說，自幼在城市裡長大的他還是不以爲然。

在當時是新玩意的泡麵，讓你媽媽煮的食物都變得索然無味。媽媽將買來的泡麵藏在空醬缸裡，夜深人靜時單獨煮給大哥吃。泡麵的香氣讓你和其他人紛紛睜開了眼。那天夜裡，媽媽嚴肅地對聞香而來的你們說：「趕快睡吧……」你們幾個眼巴巴地望著正要把泡麵塞進嘴裡的大哥。他過意不去，便讓你們都嚐個鮮。這時媽媽說：「別人吃個東西，你們鼻子倒是靈光啊！」於是往鍋裡添滿了水，又煮了一包泡麵，分給了你們。那時你們接過湯比麵多的碗，心裡感到無比滿足。你的媽媽擦完了那麼多缸，站在從前藏泡麵的醬缸前，抑制不住對哥哥的思念，嚶嚶地哭了。

每當哥哥們離家遠行的時候，你能爲悲傷的媽媽做的，也只有高聲朗讀他們寄來的家書，謄寫出媽媽口述的回信，然後在上學途中投進郵筒。既然如此，你怎麼會對媽媽不識字的事茫然無知呢？你爲媽媽讀信，抄下媽媽的話，然而卻從來沒想到媽媽不識字，要依靠年紀尚幼的你。你習慣了媽媽這樣的託付，就像她叫你去摘蜀葵，或去雜貨店買油。你也離家之後，媽媽好像沒有再把這件事交給別人。因爲你從來沒有收到媽媽的信。也許是你沒寫信吧？因爲那時已經有了電話。你離開家的時候，里長家安裝了公用電話。這是你們村裡的第一部電話。每天早晨，總有人「喂、喂」地調整麥克風，然後廣播說誰家從首爾來電話了，趕快來接。原先用書信傳遞平安的哥哥們也開始打電話。自從村子裡有了公用電話，有家人在外地的村民，無論是在稻田還是在旱田，每當聽見麥克風裡響起「喂、喂」的聲音，便紛紛豎起耳朵，互相詢問：找誰？

母女關係若不是相互非常了解，就是比陌生人還要陌生。

直到今年秋天前，你還以爲自己很了解媽媽，包括媽媽喜歡什麼、媽媽生氣的時候怎樣才能緩和情緒、媽媽想聽什麼樣的話。如果有人問媽媽現在做什麼，你可以在十秒鐘之內回答：媽媽正在曬蕨菜，或者星期天媽媽去教堂了。然而就在這個秋天，你的想法卻破滅了。那時候，媽媽當著你的面收拾屋子，你忽然感覺自己不再是媽媽的女兒，而是媽媽的客人。不知道從哪天開始，媽媽會把掉落在房間裡的手巾撿起掛好，餐桌上的食物吃光了，媽媽會趕緊添上新的食物。如果你不說一聲便回家，媽媽會因爲院子凌亂或被子不夠乾淨而心生歉疚。你說：「冰箱有什麼就吃什麼吧。」但媽媽總不顧你的勸說，執意要去買菜。對家人來說，吃完飯後，就算飯桌凌亂，也可以放心去做別的事情。媽媽卻再也不願讓你看見她日常的忙亂，於是你也豁然醒悟，原來你已經變成媽媽的客人了。

也許還在更早之前，自從媽媽帶你來到城市，你就是媽媽的客人了。送你進城後，你的媽媽就不再對你嘮叨了。以前的媽媽又是什麼模樣呢？哪怕稍微做錯了事，她也會狠狠地責備你。很久以前，媽媽總是丫頭長、丫頭短地叫你。這句話通常用於區分你和哥哥們，連吃蘋果、葡萄的時候也不例外。此外，媽媽要你在走路、衣著和語氣方面改正自己的習慣時，也是如此喚著你。偶爾，媽媽也會面帶愁容，靜靜地端詳著你的臉。爲了撣平上漿的被套，需要拉緊被套的兩端，而年幼的你就是媽媽的幫手；爲了煮米飯，媽媽要你在老式廚房裡顧著灶坑。這些時候，媽媽總是神色憂鬱地望著你。那年冬天很冷，媽媽正在水井旁收拾拜拜用斑鰩的外殼。突然，手裡拿著刀的媽媽說：「你要認眞念書，這樣才能走向新的世界。」那時候的你聽懂媽媽的話了嗎？媽媽毫不留情地斥責你的時候，你反而會不停地喚著：「媽媽、媽媽。」在這熟悉的呼喚聲裡，還有著撒嬌般的傾訴。**不要只是罵我，也摸摸我的頭，別管我的對錯，站在我身邊吧**。你從不叫媽媽爲母親，直到她失蹤的今天。叫媽媽的時候，你隱隱約約地相信自己的媽媽會永遠健康。你相信自己的媽媽很有力量，無論什麼事都游刃有餘。每當你在這座城市裡遭遇什麼挫折，你也相信媽媽會永遠守候在電話那頭。

你沒有提前告訴媽媽秋天回家的事，並不是因爲你不願麻煩媽媽。媽媽的家距離你搭飛機前往的P市還很遙遠。爲了趕搭清晨的航班，天剛亮你就開始梳洗了。然而直到出門之前，你還沒有要去J市看媽媽的想法。從P市到J市要比首爾直接回家的路程更遠，交通也不方便。這是你也沒有預料到的事。

你到家的時候，大門洞開。玄關門也敞開了。因爲第二天你和男友約好了吃午飯，所以你打算搭乘夜班火車回城。這是你的出生之地，而且還有媽媽，然而你已覺得這個村莊相當陌生了。你度過童年時光的痕跡，也只殘留在水溝旁的幾棵樸樹了。依舊挺立在原處的三棵樸樹已經成了枯木。正因爲這三棵樸樹，每次你回家的時候，放著大路不走，就是要走這條有樸樹的小路。這條路的盡頭正對著你家的後門。很久以前，小門前面就是村子裡的公用水井。後來家家戶戶都安裝了自來水，水井也就自然被填平了。你還記得那口井。每次跨進小門之前，總要在水井附近逗留片刻。你會踩一下堅硬的水泥。從前，這裡眞的有過水井嗎？你的心情變得微妙。那口水井養活了這條巷弄裡的人們，水波粼粼、源源不絕，如今它卻藏在黑暗之中，井裡現在成了什麼模樣？塡井的時候，你並不在。有一天，你回家後，才發現水井已經消失，水井的所在地出現了水泥路。直到今天，你仍然覺得水泥之下的水井裡清水蕩漾，也許是因爲你沒有親眼目睹水井被塡塞的情景。

你在塡平的水井上面躑躅片刻，然後邁進小門，喊了聲媽媽。沒有人回答。漸漸傾斜的秋日陽光灑滿了西向的院落。你進了屋，客廳和房間裡都沒有媽媽的身影。屋裡很亂。飯桌上的水瓶敞開著蓋子，杯子放在水槽裡。客廳地板的蓆子上倒放著抹布筐，爸爸脫下的襯衫掛在沙發上，落滿了灰塵。房屋朝西的房子已經有點霉味了，然而刺眼的夕照還是滲進了這個無人的空間。「媽媽！」明明知道家裡沒人，你還是又喊了聲媽媽。然後你打開玄關門，走了出來，結果你在側院沒有關門的儲藏間裡發現了媽媽。你的媽媽躺在平板床上。「媽媽！」還是沒有回應。你穿好鞋子，端詳著媽媽，然後走進了儲藏間。從儲藏間裡看得見院子。很久以前，媽媽在這裡釀製酒麴。打通儲藏間旁邊的豬圈，儲藏間的用處更多了。牆上掛著層板，堆放著如今已然無用的廚房用具，下面擺放著玻璃瓶，裡面裝著媽媽醃製的食物。媽媽把老舊的平板床挪到了儲藏間內。老屋敗落，洋房建成，無法在新式廚房做的事情全都挪到這邊進行。比如醃泡菜時把紅咚咚的辣椒放在研磨架裡研磨，比如割下參差錯落的豆萁翻找豆粒，然後磨碎；比如製作辣椒醬，比如醃泡菜，比如曝曬醬塊。

儲藏間旁邊的狗窩空空如也。狗鏈解開了，散落在地。直到這時，你才恍然頓悟，怪不得走進媽媽家的時候沒有聽見狗的動靜。你搜尋著狗的蹤影，緩緩走近媽媽身邊，然而媽媽還是沒有反應。剛才，媽媽大概正在切南瓜，準備在陽光下曬乾。砧板、菜刀和南瓜扔在一旁，破舊的竹籃裡盛滿了切成大小相仿的南瓜。起先你還在想，**媽媽是不是睡著了？轉念又想，媽媽沒有睡午覺的習慣啊**，於是細細端詳著媽媽的臉龐。媽媽的手背抵著額頭，似乎在竭力忍耐著什麼。媽媽的嘴唇微微張開，眉頭緊蹙，雙眉之間呈現出鐵絲般的皺紋。

「媽媽！」

媽媽依然沒有睜開眼睛。

「媽媽！媽媽！」

你跪在媽媽面前，使勁搖晃。這時，你的媽媽終於微微睜開了眼。她的眼睛裡布滿血絲，額頭上凝結著豆粒大的汗珠。你的媽媽好像認不出你是誰。痛苦壓抑著媽媽的面頰，使它悽楚地扭曲變形。一定是某種未知的凶險襲擊著媽媽，不然她不會露出這樣的表情。

你的媽媽又閉上了雙眼。

「媽媽！」

你下意識地爬上平板床，捧著媽媽悲哀的臉頰，放在自己的膝蓋上面。你把手臂伸進媽媽的腋窩，不讓她的臉頰滑落你的膝蓋。怎麼能把媽媽獨自扔在這裡呢？剎那間，憤怒的思緒掠過你的腦海，彷彿有人故意把媽媽扔在儲藏間裡不管似的。人都是這樣自私。那時，你感到無比的憤慨，你認爲別人疏忽了媽媽。然而，把你媽媽扔在儲藏間裡的不是別人，正是你啊。人在過度驚慌之時，往往手足無措。應該先叫救護車？還是應該先把媽媽挪進房間？父親去哪兒了？種種思緒紛紛湧進腦海，然而你什麼也沒做，只是讓媽媽枕著你的膝蓋，你則低頭俯視她的臉。你從未見過媽媽如此痛苦扭曲的面容。媽媽緊按額頭的手滑落下去，筋疲力盡地喘著氣。痛苦壓抑時咬緊牙關，努力掙脫，待到緊張感倏爾消散，媽媽的手腳驀地伸直了。媽媽！你的心怦怦直跳，你試圖摟緊媽媽的身軀。你第一次驚覺，原來媽媽也會死。媽媽靜靜地睜開眼睛，她的瞳孔在你身上定住了。她對你的出現似乎感到意外。你媽媽的瞳孔紋絲不動。她在努力做出反應。良久之後，媽媽喚出了你的名。臉色依舊痲木，毫無生氣。媽媽隱隱約約地喃喃自語。你連忙側耳傾聽。

「你阿姨死的時候，我哭都哭不出來啊。」

媽媽血色全無的臉頰是那麼空虛，你甚至連安慰的話都說不出來。

阿姨的葬禮是在春天。你沒參加。不但沒參加葬禮，阿姨求醫治病的一年時間裡，你連一次也沒趕去探望。你到底在忙什麼？小時候，阿姨對你視若親生。每次暑假一到，你總是去只有一山之隔的阿姨家裡小住。你們小孩當中，阿姨唯獨對你最好。因爲你和媽媽長得最像。阿姨說，你和你媽媽簡直是一個模子刻出來的。彷彿是爲了重溫和你媽媽度過的童年時光，阿姨陪著你餵兔子，還把你的頭髮分成三縷。阿姨做飯的時候總會在大麥飯裡放些大米，唯獨給你盛的是純大米飯。到了夜裡，阿姨讓你躺在她的膝蓋上，給你說說古老的故事。阿姨已經離開了這個世界，你依然記得阿姨年輕時候的體香。阿姨晚年後，幫忙經營麵包店的表哥帶孩子。你的阿姨背著孩子摔倒在樓梯上，送到醫院後才知道癌細胞已經擴散全身，手也不能動了。你媽媽告訴你這個消息的時候說：「可憐的姊姊！」

「怎麼會完全不知道呢？」

「她從來沒做過檢查。」

你媽媽偶爾會帶著粥去看望阿姨，餵她吃完後才回家。有時媽媽打電話給你，「昨天去看你阿姨了，我煮了芝麻粥，她吃得可開心了。」你只是靜靜地聽著。阿姨去世後，媽媽最先打電話告訴你。

「姊姊死了。」

「……」

「你那麼忙，就別回來了。」

你沒回來參加阿姨的葬禮並非因爲媽媽的話，而是因爲忙著截稿。哥哥參加葬禮回來，跟你說了媽媽的情況。他說自己原本擔心媽媽會悲傷過度，可是媽媽竟然沒有哭泣落淚，也不想去墳地。眞的？你不敢相信。哥哥說他雖然也覺得有點怪，但還是按照媽媽的意思做了。然而在儲藏間，當面容憔悴悽苦的媽媽終於醒來，她卻說：「你阿姨死的時候，我哭都哭不出來啊。」

「爲什麼？想哭就哭吧。」

雖然臉色還是有些麻木，但是媽媽漸漸恢復了你熟悉的模樣，於是你也略微寬心了。你的媽媽輕輕地眨了眨眼。

「我現在已經不會哭了。」

「……」

「頭痛到要爆炸。」

媽媽的臉映在夕陽下，頭枕著你的膝蓋。你靜靜地端詳著媽媽的臉，彷彿在凝視素昧平生的陌生人。媽媽頭痛？痛到哭不出來？曾幾何時，媽媽的黑眼睛又圓又亮，猶如即將生出牛犢的母牛，如今卻藏進深深的皺紋裡，越來越小了。紅暈消失的厚嘴唇不僅乾燥，還起了泡。你竟不知道媽媽因爲阿姨的離去而頭痛不已，欲哭無淚。看著孤零零躺在平板床上的媽媽，你抬起她的手臂放在肚子上，呆呆地凝望著媽媽操勞終身的手背。那裡有著漸漸蔓延的老年斑。你心裡想，再也不能說自己懂媽媽了。

那是你舅舅還在世的時候。

曾經浪跡他鄉的舅舅回到J市，每個星期三都會來找媽媽。他也沒有什麼特別的事，只是騎著腳踏車來跟你媽媽見個面，然後就回去了。有時他不進屋，直接站在大門高喊：「妹妹，還好吧？」然後不等媽媽走出門，他就騎著腳踏車回家了。據你所知，媽媽和舅舅的感情不是很深厚。在你不懂事的時候，或許是在你出生之前，舅舅從你父親那裡借了很多錢，好像一直沒還。你媽媽偶爾說起這件事情，埋怨你的舅舅，說因爲舅舅欠了錢，害她沒臉面對你的大姑和父親。雖然是舅舅借的錢，但是他的行徑卻讓你的媽媽喘不過氣。舅舅杳無音訊的四、五年裡，「你舅舅究竟去了哪裡？到底在做什麼？」這句話幾乎成天掛在媽媽嘴上。你也不知道媽媽對舅舅是擔心還是抱怨。

那時候，家裡還沒有修成現在的新房子。如今，那房子早已從這個世界消失了。那天你也在家，聽見有人推開大門，接著有人問：「妹妹在家嗎？」媽媽正在屋裡和你剝橘子，聽到這個聲音，猛地打開房門，快步走了出去。媽媽的腳步太快了，究竟是誰，讓媽媽這麼歡欣？你也好奇地跟在媽媽身後。媽媽往大門口看了看，喊了聲：「哥哥！」就朝站在門口的那個人跑了過去，連鞋都沒有穿好。舅舅。你媽媽風也似的跑上前，用拳頭捶打著舅舅，連聲叫著：「哥哥！哥哥！」你眼巴巴地望著媽媽。你第一次聽見媽媽叫別人「哥哥」。因爲提到舅舅的時候，媽媽總是說「你舅舅」。不一會兒，你明白自己爲何困惑了。舅舅並非從天而降，然而當你看見媽媽發出欣喜的鼻音喊著「哥哥」，飛快地跑向舅舅的時候，你爲什麼會那麼驚訝？**啊，原來媽媽也有哥哥！**你恍然大悟。有時候你想著媽媽，常會忍不住獨自笑了起來。比如回想起這天，你的年邁媽媽嬌柔地喊著「哥哥」的情景。那時候的媽媽是比你現在更年輕的少女。媽媽的身影深刻印在你的腦海裡。**原來媽媽也有……**你展開了這樣的想像。**這種理所當然的事情，怎麼現在才知道啊？**對你而言，媽媽就是媽媽。你從未想過，原來媽媽也有蹣跚學步的時候，也有三歲、十二歲，或二十歲的時光。你只是把媽媽一直當成媽媽，你以爲媽媽天生就是做媽媽的人。看到媽媽喊著「哥哥」跑向舅舅的情景之前，你一直如此認爲。你對哥哥們懷有的感情，你的媽媽也有。這種領悟漸漸擴散，你開始了解原來媽媽也有童年。好像就是從那時開始，偶爾你會想像出生在一九三六年、戶籍上記錄爲一九三八年的媽媽，她的童年時光、少女時光、青春時光，以及媽媽的新婚生活，媽媽生你時的情景。

你不能拋下倒在儲藏間裡的媽媽獨自回城。父親和國樂社的朋友們一起去了東草旅遊，兩天後才能回來。媽媽只是暫時擺脫了極度的疼痛，頭痛依然嚴重，還無法開懷大笑。是的，不僅哭不出來，你的媽媽也笑不出來了。你要帶媽媽去醫院，媽媽卻連你的話都聽不懂。你從儲藏間裡扶著媽媽回房的時候，媽媽走得很慢，好像也是頭痛的緣故。過了很長時間，媽媽終於能和你說話了。媽媽說，經常頭痛，只是「偶爾」難以忍受。過了那個瞬間，就好了。

哥哥們知道媽媽頭痛的事嗎？父親知道嗎？

你當時想，回到城裡後，要把媽媽頭痛的事告訴哥哥們，然後帶媽媽去大醫院治療。媽媽可以活動了。她問你，「能不能先別回去？」不知從什麼時候開始，即使回媽媽家，你也只是短暫停留三、四個小時，然後馬上返回城裡。你想起第二天和男朋友的約會，不過你還是告訴媽媽：「今天我會住在這裡。」媽媽的嘴角蕩起了微笑。

你從P市的海鮮市場買來了新鮮章魚，然而你和媽媽都不知道該怎麼料理。於是你們像從前那樣隨興烹煮食物，面對面坐在樸素的餐桌旁。你和媽媽靜靜地吃飯，配著泡菜、煎豆腐、炒小銀魚，還有烤海苔。媽媽不時把海苔包好的飯遞給你，你像小時候那樣默默地接過來。吃完飯，爲了促進消化，你和媽媽繞著屋子散步。雖然已經不是你度過童年的房子，但是庭院、側院和後院仍然相通。後院的醬缸檯上擺滿了大大小小的缸。小時候，那些缸裡分別裝著醬油、辣椒醬、鹽和豆醬。現在，缸裡都空了。媽媽和你一前一後地走著，在前院後院轉了幾圈。媽媽好像想起了什麼，問你爲什麼突然回家。

「去了P市，然後……」

「那裡離這裡很遠啊，不是嗎？」

「嗯。」

「應該比從首爾回來還遠吧？」

「是啊。」

「平時都沒時間回家，怎麼會突然想從那裡回來呢？」

你沒有回答，只是在黑暗中找到媽媽的手，緊緊握住，彷彿捉住一條深怕掉落的生命線。你也不知道如何解釋自己的心情。你對媽媽說，早上你去P市的點字書圖書館演講。

「點字書？」媽媽問道。

「眼睛看不見的人用手摸索著閱讀的書，就是點字書。」

媽媽點了點頭。你和媽媽又繞著前院、後院和側院轉了幾圈，你告訴媽媽去P市的事。早在幾年前，你就被邀請去那裡演講，但是很不湊巧，每次都和別的事情相衝突，因此你始終沒有答應。今年初春，那邊又打來電話，當時你的新書要出版了。圖書館的館員說，想把你的新書做成點字書。你對點字書一無所知，是個門外漢。就像解釋給媽媽聽的那樣，點字書就是眼睛看不見的人使用的書籍。你也只了解這點常識罷了。

「我們想把您的新書做成點字書。」你茫然地聽著館員的話，就像以前想像著自己讀不懂的書。這時館員說：「希望您能同意把這本書做成點字書。」如果館員沒有使用「同意」這兩個字，也許你這次還是不會去點字書圖書館。館員說的「同意」二字觸動了你。眼睛看不見的人想讀我的文章，想用他們能夠讀懂的文字做成圖書，希望得到我的同意。想到這裡，你就不由自主地答應了。「好吧。」你回答。館員說，點字書將在十一月完成，希望那天你能親臨圖書館舉行圖書捐贈儀式。這麼隆重啊？你有點疑惑，但還是答應了。因爲當時正値初春，你以爲十一月還很遙遠。但時間不停流逝，春天和夏天過去了，秋天來了，轉眼就到了十一月。那天來了。

只要深思熟慮，世界上大部分的事情都可以預見。如果認眞思考，即使那些看似意外的事情也就合乎情理了。經常發生意想不到的事情，只能證明你未曾深思熟慮。如果你對圖書館多點關注、多點思考，那麼你去圖書館的事，以及在那裡遇到的事也就不難預測了。誰知道整個春天、夏天和秋天，你都在馬不停蹄地忙碌著。即使是趕往圖書館的當天，你也沒有多餘時間和別人會面，還擔心趕不及約定的上午十點。你好不容易趕上八點鐘出發的航班，到了P市，搭了計程車來到圖書館。你走進會客室，館長已在志工的帶領下坐到你面前。「歡迎你來。」他鄭重地伸出手，向你問好。你努力掩飾自己的緊張，愉快地回應，同時握住了圖書館長的手。他的手很柔軟。活動開始之前，館長一直在談你寫的書。他眼睛看不見，卻讀了你的書。你面帶微笑，不停地點頭。儘管他看不到你的微笑，也看不到你在點頭。那天是紀念點字書發明人的生日，屬於他們的節日。你走進講堂，裡面已經坐滿了四、五百人，還有人在志工的帶領下慢慢走了進來。有男有女，有老有少，唯獨沒有孩子。活動開始了，幾個人輪流出來演說，接下來是向幾個人表示謝意。他們終於提到你的點字書，於是你走向前去接書。圖書館長將點字書交到你的手中。書本比原來大出兩倍，卻輕盈許多。活動繼續進行。趁著他們頒發獎牌獎勵閱讀的時候，你打開了點字書。頓時，你愣住了，白花花的紙上印著無數的點。你像是墜入了黑洞。以爲是自己熟悉的樓梯，所以看也沒看，不假思索地踏了下去，結果一腳踩空，滾落到下面了。你就是這樣的感覺。針眼大小的點字在白紙上亂舞，你什麼也看不懂。你對媽媽說，你翻過第一頁，翻過第二頁，翻過第三頁，然後闔上了書。你的媽媽認認眞眞地聽你說話，於是你繼續說了下去。活動最後，你站在他們面前，談談自己的作品。之前你坐著，點字書放在膝蓋上面。聽見主持人喊出你的名字，你就拿著書走上前。點字書被你放在講台上，你望著下面的盲人。那一刻，你有種毛骨悚然的感覺。站在四百多名眼睛看不見的盲人面前，你不知道自己的視線應該投向何方。

「後來怎麼樣？」媽媽問道。

他們給你安排了五十分鐘的演講，你覺得太久了。你說話的時候必須看著某個人。根據對方的眼神，說完自己想說的話，也可能只說半截。面對有些目光，你甚至會說出從未說過的事。你這樣的性格，媽媽知道嗎？站在四百多名盲人面前，你不知道該凝視哪雙眼睛，也不知道從何說起。有的眼睛全閉，有的眼睛半睜，還有的戴著有色眼鏡，有的眼周已爬滿皺紋，這些眼睛似乎在注視著緊張的你，卻什麼也看不見。在這些眼睛面前，你是孤獨的。你甚至懷疑，面對這樣的目光，闡述自己的作品有何意義。但是，如果說說別的事情——比如人生之類的話題，似乎也不太妥當。若要說起人生，他們絕對比你更擅長。

你茫然失措，對著麥克風的第一句話是：「我該說什麼好呢？」他們笑了。什麼都好——這似乎是笑聲傳達出來的涵義。也許是想讓你緩解緊張的情緒吧。有個四十五、六歲的男人問，「你不是來談自己的作品嗎？」那個男人的目光盯著講台上的你，但是他的眼睛緊緊閉著。你望著他緊閉的雙眼，開始談收錄在點字書裡的作品，包括你的寫作動機和寫作過程中的內心變動，以及寫完之後對於這本書的期望。令你驚訝的是，他們比以往遇到的任何人都更認眞地聽你說話。他們聚精會神，側耳傾聽，從他們的動作就可得知。有人點頭，有人向前伸出了腳，有人上身前傾。對於他們的文字，你懵懂無知，他們卻讀了你的書，並向你提問，還發表自己的感想。你對媽媽說，從來沒見過有人像他們這樣如此關切你的作品。

從頭到尾安安靜靜地聽你說話的媽媽開口了。她說：「那些人眼睛看不見，還是讀了你的書。」媽媽和你之間流過沉默，沉默轉瞬即逝。媽媽要你繼續說。

你想起演講結束的時候，有人舉起手來，問你可不可以提問。你說可以。「媽，他說自己的眼睛看不見，卻喜歡旅行。」媽媽還是很認眞地聽你說話。他什麼也看不見，能去哪兒旅行呢？突然間，你茫然失措了。他說你以前有部作品以秘魯爲背景，敘述一個人去了馬丘比丘流浪的故事，那裡出現了火車往後開的情節。他說讀了這部作品之後，心裡有了去秘魯乘坐那種火車的夢想。他還問你，眞的坐過那輛火車嗎？那是你十幾年前寫的作品。有時你打開冰箱，突然忘記了要拿的東西，於是把頭伸進冰箱，在流出的冷氣中站上片刻，然後再關上冰箱的門。現在，你卻滔滔不絕地講述十幾年前，也就是寫這部作品之前去秘魯旅行的情景。秘魯首都利馬，被稱為宇宙肚臍眼的庫斯科，清晨的聖佩德羅火車站，還有那輛時而後退時而前進、反覆數十次才向著馬丘比丘出發的火車。你對媽媽說，很多早已遺忘的地名、國名和山脈名稱，他竟然都清晰地說了出來。你從未見過那樣的眼睛，彷彿可以理解和包容你的缺點。你感受到他們的善意，於是吐露有關這部作品的秘密，從來沒有說過的秘密。

「什麼意思？」媽媽問。

「我對他們說，如果現在重寫那部作品，也許不會那樣寫了。」你回答。

「這有那麼嚴重嗎？」媽媽又問。

「這意味我否定了自己曾經擁有的一切，媽媽！」你覺得孤獨，找到媽媽的手，緊緊握住了。

「這樣的話爲什麼不能說？想說什麼就說出來。」媽媽在黑暗中疑惑地看了看你，對你說。她抽出手來，撫摸著你的後背，就像小時候媽媽用她的大手爲你洗臉的時候一樣。

媽媽誇你說得眞好。

「我嗎？」媽媽點了點頭。

「你說得很有趣。」媽媽又說。

「我說得有趣？」

「是啊……很有趣。」

我說得有趣？你的心微微一顫。你意識到並不是自己說得有趣，而是去圖書館之前和之後，你跟媽媽說話的方式發生了變化。自從進入城市之後，你變了很多，你跟媽媽說話的時候總是氣呼呼，好像覺得媽媽什麼也不懂。媽媽不無責怪地問你爲何如此待她。「你懂什麼？」你漫不經心地說。自從知道媽媽無力訓斥你之後，每當媽媽問你爲什麼要去某個地方，你總是簡短地回答：「有事。」別的國家翻譯了你的書，或者某個國家舉辦學術研討會，你要搭飛機去國外的時候，媽媽問你，「到那兒做什麼？」你也只是淡淡地說：「有事。」媽媽希望你不要坐飛機，「萬一出事，會死兩百多人，爲什麼還要坐？」你說：「有事，必須坐飛機。」媽媽又問：「你怎麼那麼多事啊？」你愛理不理地回答：「是啊，媽。」你覺得跟媽媽說自己的事情很麻煩，似乎認爲自己所做的事和媽媽的生活毫無關係。可是當你談到面對點字書時的茫然，站在四百多名盲人面前時的狼狽，媽媽彷彿忘記了頭痛，耐心地傾聽。上次像這樣耐心地跟媽媽談論自己的事情，是什麼時候了？不知不覺間，你和媽媽的對話變得簡短了，而且不是面對面的交談，通常是電話裡的交談。說話內容主要是：吃飯了嗎？身體還好吧？父親怎麼樣？小心別感冒，我給你們寄錢了。媽媽的內容則差不多都是：我給你醃好的泡菜寄去了，我做了噩夢，我給你寄了米，我給你寄了清醬，我給你熬了益母草寄過去，快遞員會打電話給你，不要關機，等等。

你的一部作品被做成了四本點字書。手裡拎著裝了點字書的紙袋，你和他們告別。距離飛機起飛還有兩小時。你想起站在講台上迴避他們視線的時候，目光轉向窗外，意外地看見了停泊著大小船隻的港口。既然附近有港口，應該也有魚市場。你上了計程車，告訴司機去魚市場。每到外地，只要有閒置時間，你就喜歡逛市場。即使不是週末，魚市場裡也人來人往。沒等走進市場，你就看見兩個人正在宰殺一條大小如同中型汽車的翻車魚。那條魚太大了。你問他們是不是鮪魚，魚販說是翻車魚。你想起一部忘了名字的文學作品，每當出生於海邊的女主角感到痛苦的時候，就去城市裡的大型水族館，和水裡的翻車魚對話。女主角的媽媽拿了女兒的積蓄，跟著比自己年輕的男人去了別的城市。她抱怨媽媽、詛咒媽媽，然而還是對翻車魚說：「我好想媽媽，但這句話我只能對你說。」

這東西就是翻車魚嗎？名字也這麼獨特，這就是翻車魚？你想確認。魚販說這種魚也叫曼波魚。曼波呀！聽到「曼波」的瞬間，你的緊張感總算緩解了。從你走進圖書館的瞬間，這緊張就壓抑著你，直到你和他們告別。走過腦袋比人臉還大的活生生的章魚和生龍活虎的鮑魚，走過比首爾便宜三倍的帶魚、鮐魚和花蟹，你爲什麼想起了媽媽？因爲翻車魚嗎？這是你第一次在魚市場想起媽媽，還想起爲了準備臘月的拜拜，你和媽媽在井邊剝斑鰩皮的事。你們剝去緊貼在魚肉外面的粗糙魚皮，媽媽的手凍僵了。店鋪門口掛著煮熟的章魚，和小孩的身高差不多。你從那裡走過，花一萬五買了一條活章魚。你還買了鮑魚。雖然鮑魚是養殖的，但是吃海帶長大的。你說要帶回首爾。魚販說只要再多花兩千，就可以把魚放在帶冰的盒子裡。你提著裝活章魚和鮑魚的冰盒子，走出海鮮市場，距離飛機起飛還有些時間。你一手拿著他們製作的點字書，一手提著冰盒子，又坐上了計程車。這次你要去海邊。從魚市場到沙灘只有三分鐘路程。十一月的海邊空空蕩蕩，只有兩對戀人在這裡約會。沙灘很長，你走到沙灘與海水相接的地方，好幾次差點跌倒。你坐在細沙上面，海水近在眼前。你呆呆地坐著看海，不經意地回頭望，對面到處都是朝向大海的商家和住宅。你心裡想，在悶熱的夏夜，他們就可以跳進大海，洗完海水浴再回家。看了會兒大海，無意間從紙袋裡翻出一本點字書，打開來看，滿滿的小點在十一月的陽光下閃閃爍爍。

在海邊的陽光下，你用手摸著讀不懂的點字書，回想起第一個教你識字的人。是二哥。你和二哥趴在老房子的門廊上，媽媽站在旁邊。二哥性情溫和，也是最聽媽媽話的孩子。媽媽要他教你寫字，他不敢說不，只是覺得無聊，必須反覆教你寫阿拉伯數字和子音、母音。你是左撇子，自然也想用左手寫字。每當這時，二哥就用竹尺打你的左手背。這也是媽媽的命令。你習慣用左手和左腳。媽媽卻說，喜歡用左手的人以後會過得很辛苦。你在廚房用左手盛飯的時候，媽媽奪過勺子，幫你放在右手。但你仍執意用左手，於是媽媽奪過勺子，打你的左手，「怎麼這麼不聽話！」你的左手腫了。即便如此，你還是趁二哥不注意，迅速把鉛筆從右手挪到左手，畫了兩個圓圈，寫成8。接著再把鉛筆挪回右手。哥哥立刻發現你寫的不是8，而是兩個圓圈。他要你伸出手掌，用竹尺打你的手心作爲懲罰。每當你向二哥學寫字的時候，媽媽就一邊縫襪子或剝蒜頭，一邊看著趴在門廊上寫字的你。上學之前，你學會了寫自己和媽媽的名字。終於可以翻開書本結結巴巴地唸字時，媽媽的臉上笑開了花。此時此刻，媽媽的笑臉和你讀不懂的點字書重合在一起了。

你從海邊沙灘上站起身來，沒有拍掉沾在屁股上的沙子，就背對著大海加快了腳步。你不搭飛機回首爾，改搭火車，前往媽媽的家。你在心裡想著，我已經兩個季節沒有見到媽媽了。

然後，你想起了很久以前的那間教室。

那天，六十多個孩子在填寫小學升初中的入學報名表。如果不填，就不能升初中了。你就是那個不打算報名的孩子。你其實不懂無法繼續念初中意味著什麼。因爲腦海中還存著昨夜媽媽對臥病在床的父親大吼大叫的情境。媽媽大聲對病床上的父親說：「生在這樣的小山村的窮人家，如果不讓女孩上學，她以後怎麼在這個社會上立足？」父親起身走出了大門。媽媽拿起放在門廊上的飯桌，扔到院子裡。「連讓孩子上學的能力都沒有，這日子過得還有什麼意思？毀了算了！」當時的你覺得只要媽媽別生氣就好，自己上不上學無所謂。媽媽摔了飯桌後，氣還是不消，她接著打開儲藏間門，重重關上，揮手掃過晾衣繩，將衣服打落在地。然後，媽媽走向站在井邊不知所措的你，摘下頭上的毛巾，放在你面前，「擤擤鼻涕吧。」裏在媽媽頭上的毛巾散發出濃濃的汗味，你一點也不想拿來擤鼻涕。但媽媽就是要你使勁擤鼻涕。你遲疑著不動。媽媽說：「只有這樣才不會流淚。」也許是你哭喪著臉看媽媽的緣故吧。媽媽讓你擤鼻涕，其實是哄你不要哭。你耐不住媽媽的強求，對著媽媽遞過來的毛巾使勁擤起了鼻涕。媽媽的毛巾散發出的汗味又混合了你的鼻涕。

媽媽戴著你擤過鼻涕的毛巾，出現在教室裡。不知道媽媽跟老師說了什麼，老師馬上遞給你一份初中入學報名表。你在報名表上寫下自己的名字，抬頭看時，媽媽正隔著走廊的玻璃窗往你這邊看。媽媽和你四目相對。她摘下頭上的毛巾，晃了幾下，臉上露出燦爛的笑容。媽媽身上唯一値錢的東西就是左手中指上的戒指。幫你交初中學費的時候，媽媽的戒指不見了，只留下深深的戒痕。

頭痛隨時都會襲擊媽媽。

那天夜裡，你因爲口渴從夢中醒來。你的書在黑暗中幽幽地看著你。有一陣子，你計畫和男友去日本生活一年，你開始整理行李後，卻發現最大的問題就是書。怎麼辦呢？想來想去，你把陪伴你多年的書籍大部分送到了媽媽家。收到之後，媽媽騰出房間，專擺你的書。後來，那些書就再也沒有拿走。每次回媽媽家，脫下來的衣服和手提包都被你放在這個房間。留在這裡過夜的時候，媽媽就收拾這個房間。你在朦朧暗夜中抬頭望書，然後去了廚房。喝了點水，你回到房間，想看看媽媽睡得好不好，於是悄悄推開媽媽的房門。被子裡好像是空的。你喊了聲「媽媽！」沒有人回答。你摸索著按了電燈開關，媽媽不在房間。你打開客廳的燈，推開廁所的門，媽媽也不在。「媽媽！媽媽！」你連聲呼喚媽媽，同時推開玄關門，走進了院子。晨風滲進了衣服。你打開庭院的燈，連忙看了看儲藏間裡的平板床。媽媽躺在那裡。你沿著連接庭院的台階跑下去，跑到媽媽跟前。像白天一樣，媽媽眉頭緊皺，手放在額頭上睡著了。媽媽赤著腳。也許是冷了，十隻腳趾向裡蜷縮。和媽媽共進簡樸晚餐的時間，和媽媽繞著房子散步時說過的話，紛紛變得支離破碎了。十一月的清晨，你拿來被子，蓋在媽媽身上。又拿來襪子，幫媽媽穿好。然後你坐在媽媽身旁，直到媽媽醒來。

媽媽不斷尋找農活以外的賺錢途徑，後來就在儲藏間裡添置了酒麴機。從田裡收回的麥子碾碎後，加水混合，放在機器裡榨成酒麴。酒麴發酵的時候，家裡到處瀰漫著酒麴的腐爛氣味。沒有人喜歡酒麴的味道，媽媽卻說酒麴的味道就是錢的味道。村裡有戶做豆腐的人家，媽媽把發酵的酒麴送到那裡，他們幫忙送到釀酒廠，拿到錢再給媽媽。賺來的錢被媽媽放在白瓷碗裡，上面再疊著十七個碗，然後放到櫥櫃最上層。瓷碗就是媽媽的銀行。不僅是做酒麴賺來的錢，只要有錢，媽媽就放到那裡面。你拿學費單的時候，媽媽就是從裡面拿出了錢，放在你的手心裡。

第二天早晨睜開眼睛，你在儲藏間的平板床上睡著了。媽媽呢？四下看看，媽媽不見了，廚房則是傳來切菜的聲音。你趕緊起身，走進廚房。媽媽正要切砧板上的蘿蔔。媽媽手裡的刀看起來很危險。平時媽媽做涼拌菜的時候，即使不看刀，也能切得很熟練，現在不是了。媽媽抓著刀柄的手很不穩，刀柄總是碰不到蘿蔔，滑下砧板。這樣下去，恐怕切到的不是蘿蔔，而是媽媽的拇指。「媽！等等！」你看不下去了，接過媽媽手裡的刀。「媽，我來切。」你走到砧板前。媽媽遲疑片刻，還是離開了砧板。從冰盒裡拿出章魚，並放在水池的鐵籃子裡，章魚已經死了。瓦斯爐上放著不鏽鋼蒸鍋。媽媽把蘿蔔平鋪在鍋底，好像是想蒸章魚。*章魚不是用蒸的，應該是煮的吧？*你想問，但是沒有說出口。媽媽把你切好的蘿蔔鋪在鍋底，上面放好蒸架，然後把整條章魚放在上面，蓋好了蓋子。這是媽媽長期以來的習慣。媽媽對魚不熟，也叫不出名稱。對於媽媽來說，什麼鮐魚、秋刀魚、帶魚，統統都是「帶腥味的東西」。豆類就不是如此了，媽媽能把黃豆、菜豆、白豆、黑豆分得清清楚楚。只要家裡有魚，媽媽就先用鹽醃，然後蒸著吃，從來不會切成生魚片，不烤，也不燉。即便是鮐魚或帶魚，也是先用放了辣椒粉、蒜末和綠椒的調味料醃製，然後放在洗米水上面蒸。不管是過去還是現在，你的媽媽從來不吃生魚片。看到吃生魚片的人，媽媽都會眉頭緊皺，好像在說「竟然生吃魚，太不像話了」。從十七歲到現在，每次處理斑鰩，媽媽都採用蒸的方式。看來這次也要蒸章魚了。不一會兒，廚房裡瀰漫起蘿蔔和章魚蒸熟的味道。看到媽媽在廚房裡蒸章魚的樣子，你想起了斑鰩。

每當大拜拜的時候，家裡總少不了斑鰩。經過冬夏各兩次的拜拜，還有春天的拜拜，媽媽的一年才算過完。再加上春節和中秋節的兩次，媽媽每年都要坐在井邊剝七條斑鰩。媽媽買回來的斑鰩大多是鍋蓋般大小。當媽媽從市場買回紅斑鰩，放在井邊，那就意味著拜拜的日子要到了。冬天拜拜的時候，地面遇水就結冰。這樣的天氣，剝斑鰩皮眞是苦差事。你的手很薄，媽媽的手很厚。媽媽用凍得通紅的手握住刀柄，對準斑鰩。你用柔弱的手指拉下魚皮。如果能順利剝掉，那是最好不過了，可是常常連三釐米都不到就斷開了。媽媽不得不把刀柄重新對準斷開的位置。你們撅著屁股，蹲在結冰的井邊剝斑鰩皮。這是老屋冬天裡的風景。同樣的場面每年都會重演，彷彿反反覆覆播放的影片。有一年冬天，你和媽媽相對而坐。媽媽怔怔地望著你美麗細弱的小手說：「我們不剝了！」接著，媽媽停了下來，開始用刀把斑鰩切成小塊。那一年，供桌上破天荒地出現了沒有剝皮的斑鰩。

「斑鰩怎麼這個樣子？」父親問。

「什麼樣子？還不都是斑鰩，只是沒剝皮罷了。」媽媽回答。

「拜拜用的食物應該精心製作才行啊……」大姑在後面抱怨。

「那你來剝。」媽媽也不示弱。

第二年，不管發生了什麼倒楣的事情，全被歸咎於供桌上那些沒有剝皮的斑鰩。柿子樹不結柿子、哥哥玩耍時被飛來的棍子戳傷了眼、父親生病住院、表兄弟打架，全部都是因爲媽媽在拜拜的時候沒有誠意，沒有剝掉斑鰩皮。大姑滿腹牢騷。

蒸好了章魚，媽媽放在砧板上，準備用刀切開。刀又偏了，就像剛才切蘿蔔的時候。「我來吧，媽媽。」你又接過媽媽手裡的刀。你把熱呼呼透著蘿蔔味的章魚切成小塊，夾起一塊，蘸了酸辣醬，遞給媽媽。這是媽媽經常對你做的動作。而你總想用筷子接過來。媽媽會說：「這樣味道就不好了。來，張開嘴，啊！」現在，媽媽也想用筷子接章魚，換你說：「媽媽，這樣味道就不好了。來，張開嘴，啊！」媽媽張開嘴，你把蒸好的章魚塊送到媽媽嘴裡，自己也吃了一塊。章魚熱呼呼的，很酥，很軟。**大清早就吃章魚？**你有點兒疑惑。媽媽和你站在廚房裡，用手直接拿起章魚吃。你嚼著章魚，看著媽媽每次想要拿起章魚卻總是拿不起的手。你又幫媽媽拿起一塊。後來，媽媽索性放棄，等著你把章魚塞進她的嘴裡。媽媽的手看起來很不靈活。你嚼著章魚，叫了聲母親。這是你第一次稱呼媽媽爲「母親」。

「母親，今天跟我去首爾吧。」

「我們還是去爬山吧。」你媽媽說。

「爬山？」

「是啊，爬山。」

「這裡有爬山的地方嗎？」

「我自己開出的山路。」

「去首爾看病吧。」

「以後再說吧。」

「以後？什麼時候？」

「等老大考完試。」

媽媽說的「老大」指的是大哥的女兒。

「不用等哥哥他們，我陪你去醫院就行了。」

「沒事……我現在還沒事，經常去醫院……也做了物理治療。」

你說服不了媽媽。媽媽堅持以後再去首爾。然後，媽媽靜靜地看著你，問你這個世界上最小的國家在哪裡。

「最小的國家？」

媽媽冷不防地問起世界上最小的國家在哪裡。你看著她，忽然覺得很陌生。這回是你呆呆地看著媽媽，心裡忖度她的問題，世界上最小的國家在哪裡呢？媽媽立刻神情淡然地對你說：「如果以後有機會去那兒，幫我帶串玫瑰念珠回來。」

「玫瑰念珠？」

「就是用玫瑰木做的念珠。」

媽媽無力地看著你。

「媽媽需要念珠嗎？」

「不是……我就是想擁有那個國家的念珠。」

媽媽停頓了一下，深深地嘆了口氣。

「如果有機會去的話，幫我帶回來。」

「……」

「你什麼地方都能去，不是嗎？」

你和媽媽的對話就此打住。**你什麼地方都能去，不是嗎？**說完這句之後，媽媽就沒再說話。你們母女倆吃章魚當早餐，吃完就走出了家門。你們翻過後山上的幾個田埂，踏上了山路。雖然沒有幾個人走，但這裡還是形成了小路。槲樹和麻櫟樹的樹葉落在地上，堆得很高，走在上面發出沙沙的響聲。偶爾沿著山路倒長的樹枝打在你們臉上。走在前面的媽媽不時把樹枝推向一旁。等你過去後，媽媽再鬆開樹枝。鳥撲簌簌地飛走了。

「媽媽經常來這裡嗎？」

「嗯。」

「和誰？」

「還能和誰？哪有人陪我來啊。」

媽媽獨自一人走這條路？你再次覺得自己眞的不了解媽媽。這條小路陰森森的，實在不適合一個人走。有的地方修竹茂盛，遮住了天空。

「爲什麼自己來這裡？」

「你阿姨死後，我到這裡來過一次，然後就經常來了。」

兩個人不知走了多久。走到一個小丘，媽媽停下了腳步。你走到媽媽身邊，順著媽媽的視線望去，忍不住大喊：「啊，是這條路！」就是這條路嗎？你早已把這條路忘得乾淨淨了。這是小時候去外婆家常走的近路。後來村裡修起了貫穿整個村莊的大路，人們也還是喜歡走這條山路。有一次去外婆家拜拜，你用繩子捆住院子裡的一隻雞，帶著去外婆家。誰知道半路上雞跑了，你當時就是在這條路上到處找。雞跑了，再也不可能追回來了。那隻雞跑到哪裡去了呢？這條路已經變了這麼多。原來閉著眼睛也能找到的路，現在如果不是看到丘陵，你恐怕都認不出來了。站在丘陵上，媽媽往外婆家的方向看去。如今那裡已經沒有人住了。原來的五十家住戶都搬到別的地方了，剩下幾棟沒有倒塌的空房子，也已杳無人煙。媽媽獨自來到這裡，就是為了看一眼已無人跡的童年村莊嗎？你摟著媽媽的腰，再次求媽媽跟你去首爾。媽媽沒有回答你的話，倒是說起了珍島犬。看到狗窩裡沒有了狗，你也覺得奇怪，只是還沒來得及問。一年前的夏天，你回家時，儲藏間旁邊拴著一條珍島犬。當時很熱，珍島犬拴得太緊，氣喘吁吁，感覺就要沒命了。你要媽媽解開狗鏈。媽媽說要是解開狗鏈，別人就不敢從家門前面走了。竟然把狗用鐵鍊拴住……當時你剛剛回家，還沒等和媽媽打招呼，就先因為狗的問題和媽媽吵了一架。

「為什麼要把狗拴起來？放開牠。」這是你的主張。

媽媽卻說：「雖然是在鄉下，現在也沒有人這樣放養狗了。大家都拴著，如果放開，狗會跑出家門。」

「那就用長一點的繩子拴好了，拴得那麼緊，天氣這麼熱，狗怎麼活？雖然是不會說話的動物，也不能這麼對待牠。」你反駁媽媽。

媽媽說家裡只有這一條狗鏈，可能是以前用過的鏈子。**買一條不就行了嗎？**你好久沒回媽媽家了，這次沒等進門，轉身就開車去買長長的狗鏈。即使把狗拴起來，牠也可以輕鬆地轉到側院。買回狗鏈一看，狗窩也太小了。你又說要去買狗窩。媽媽攔住了你，說鄰村有木工，請他做個狗窩就行了。在你媽媽看來，給牲畜買窩簡直是不可思議的事情。**搭上幾塊木板，敲幾下錘子就能解決的問題，竟然還要花錢，看來你眞是錢多得花不完**，這是媽媽的想法。動身回首爾的時候，你把兩張十萬圜的支票遞給媽媽，請她務必給珍島犬做個寬敞的狗窩。媽媽答應了。回到首爾後，你又給媽媽打了好幾次電話，問狗窩做好了沒。媽媽其實大可敷衍你，然而她每次都說：「馬上，馬上就做。」第四次打電話的時候，聽見媽媽還是重複這句話，你怒了。

「我不是給你錢了嗎？鄉下人太過分了吧，對待小狗一點同情心也沒有！那麼小的地方怎麼住啊？再說天又這麼熱。狗在裡面大便，弄得到處都是，也沒有人清理……大狗在小窩要怎麼過？你還只把牠放在院子裡！你不覺得狗很可憐嗎？」

電話那頭沒有動靜。鄉下人太過分了。這句話說完以後，你自己也後悔了，爲何要說這種話呢？這時，媽媽憤怒的聲音從電話那頭傳來。

「你眼裡只有狗，沒有我這個媽媽嗎？在你眼裡，你媽媽就是虐待狗的人嗎？不用你管！我愛怎麼養就怎麼養！」

媽媽先掛斷了電話。平常都是你先掛斷：「媽媽，我會再打給你。」這樣說過之後，有好幾次沒有再打。你沒有時間聽媽媽說完所有的話。這次是媽媽先把電話掛斷了。你離家以後，這是媽媽第一次對你發火。自從你離開媽媽身邊，媽媽總是對你說：「對不起，是媽媽沒能力，不能照顧你，只能把你交給哥哥。」只要你打電話，媽媽就會千方百計多說幾句。媽媽先掛斷了電話，然而最讓你難過的並不在此，而是媽媽養狗的方式。媽媽怎麼會變成這樣了呢？你在心裡埋怨媽媽。媽媽每天都要看照家裡的各種家畜，來首爾前總是想著要住久一點，然而每次不超過三天就吵著要回家，因爲要回家餵狗。可是現在，媽媽怎麼變得這麼冷酷呢？你甚至對無情的媽媽感到不耐煩了。三、四天之後，媽媽先打了電話給你。

「以前你不會這樣，現在你變無情了。媽媽掛斷電話，你應該再打過來給媽媽才對，怎麼可以和媽媽冷戰呢？」

你不是想冷戰，只是忙，沒時間想得太久。有時候你會突然想起因爲憤怒而掛斷電話的媽媽，想著應該打電話給媽媽，然而卻會因爲亂七八糟的事情而忘了打電話。

「讀過書的人都這樣嗎？」

媽媽對你吼過之後，又把電話掛斷了。中秋節，你回媽媽家的時候，儲藏間前面放著一個大大的狗窩。狗窩裡面鋪著鬆軟的稻草。

「十月的時候，我在廚房洗米，準備做早飯，感覺有人拍我的後背。回頭看，一個人也沒有。連續三天都這樣，明明感覺有人拍我，回頭看卻什麼也沒有。大概是第四天，早上我睜開眼睛就去廁所，發現狗躺在廁所旁。你說我虐待狗，還對我發脾氣。其實這是一隻在鐵路邊的流浪狗，渾身的毛都掉光了。我看牠可憐，就帶回了家，拴起來，餵牠吃東西。要是不拴起來，不知道牠會跑到哪裡，說不定會被人抓去殺了吃掉……一開始我以爲牠還在睡覺，可是我走過去碰了碰，一動也不動。牠死了。前一天還吃了很多東西，開心地直搖尾巴，現在卻死了，好像只是睡著了。也不知道牠是怎麼掙脫狗鏈的。剛帶回家的時候，胸口只有骨頭，後來除了長肉，毛也有光亮了。牠很聰明，還會抓田鼠呢。」

媽媽嘆了口氣。

「養子不孝，養狗還會得回報。那條狗算是替我走了。」

這回換你嘆氣。

「今年春天，我布施給路過的僧人，他說今年我們家會少一口人。聽了這句話，我的心裡七上八下。整整一年，我總是放不下這句話。牛頭馬面好幾次來找我，每次來我都在洗米，結果就不等我，先把狗帶走了。」

「媽媽，你在說什麼？信仰天主的人怎麼會說出這種話？」

你想起了儲藏間旁邊空空如也的狗窩，還有散落在地的狗鏈。你的心情複雜難言，只好摟住媽媽的腰。

「狗埋在地底下了，埋得很深。」

媽媽是個很會說故事的人。在拜拜的夜裡，附近的大姑和嬸嬸們會用水瓢裝著米送過來。那時候的糧食很珍貴，這算是最大的誠意了。拜拜結束以後，媽媽在親戚們送米的水瓢裡裝上拜拜用的食物，送還給她們。拜拜時，所有盛米的水瓢都擺在一旁。有一次拜拜，你媽媽說小鳥飛落到大姑、嬸嬸和堂嬸帶來的米上面，停留了一會兒，然後才飛走。你不相信媽媽的話，媽媽就說：「我是親眼看見的！共有六隻鳥。那些鳥就是前來吃拜拜食物的祖先！」眾人一笑而過。聽媽媽這麼說完，你看了看盛米的水瓢，發現了鳥兒留在白米上的腳印。有一次，媽媽大清早帶著食物去山田，卻發現有位婦人趴在地上拔草。媽媽問她是誰，她說自己剛好路過，看到田裡草太多，就想幫忙拔掉。於是，媽媽就和陌生人一起努力拔草。出於感激，還跟那個人分享了帶來的食物。她們一邊聊天，一邊拔草，直到天黑才分開。回家以後，媽媽跟大姑說了自己和陌生人幹活的事，還忙了一整天。大姑的臉色僵住，問那位婦人長什麼模樣，聽完描述後，說她是這塊地多年以前的主人，拔草的時候被曬死了。當時你也聽著她們的談話，於是你問媽媽，「媽媽和死人拔了一整天的草？媽媽不怕嗎？」媽媽若無其事地說：「有什麼好怕的！我一個人要兩、三天才能拔完，她幫了我的忙，感激還來不及呢。」

頭痛似乎就要把媽媽吞噬。媽媽的活力和生命急速耗盡，臥床時間越來越長。百元賭注的花鬥牌戲是媽媽爲數不多的消遣之一，然而現在，連這個也無法幫她集中注意力了。媽媽對所有的事情都變得遲鈍。有一次，她把抹布放進瓦斯爐上的鍋裡，想要煮乾淨，突然跌坐在地，站不起來。鍋子乾了，抹布糊了，廚房裡濃煙瀰漫，媽媽仍然沒有醒過來。如果不是鄰居看到你家冒煙覺得奇怪，進來看個究竟，說不定你家早就被大火吞沒了。

看到媽媽深受頭痛的折磨，生了三個孩子的妹妹很認眞地問你，「姊姊，媽媽眞的喜歡廚房嗎？」你問妹妹，怎麼會想到這個問題？你妹妹說，也許媽媽並不喜歡廚房。你妹妹是藥師。她在懷著第一個孩子的時候開了藥店。嫂子幫忙看孩子，住的地方卻距離藥店很遠。孩子出生以後，經常住在嫂子家。你妹妹很喜歡孩子，可是爲了經營藥店，她不得不維持每週只能見孩子一面的狀態。妹妹和孩子分別的場面很傷感，比生離死別更悲慘。問題似乎不在孩子，而在當媽的人，也就是你的妹妹。孩子都已經適應環境了，而你的妹妹在週末陪完孩子，再送到嫂子家的時候，免不了痛哭流涕，握著方向盤的手背都被淚水打濕了。星期一，她常常紅腫著雙眼站在藥店裡。「既然這樣，藥店還要繼續經營下去嗎？」你甚至這樣勸說妹妹。等你的妹妹生了第二個孩子，藥店仍在營業。直到妹夫要去美國進修兩年，妹妹才放棄了藥店的經營。她認爲這對孩子來說，會是不錯的體驗，於是匆忙收拾首爾的大小事務，飛去了美國。你在心裡暗自期待，**妹妹，去美國休息些日子吧**。妹妹結婚以後，從來沒有停止工作。你的妹妹在美國又生了個孩子，然後回國。包括自己在內的五口人，都要靠她做飯。妹妹說，他們曾經在一個月裡吃掉了兩百條黃花魚。「一個月吃兩百條黃花魚？每天都吃黃花魚嗎？」你反問。妹妹說：「是啊。」寄去的家具還沒有到，剛搬的新家還很陌生，而且吃奶的孩子時刻不離左右，妹妹連去市場的時間都沒有。婆婆把調好味、曬乾的小黃花魚成箱成箱地寄給他們，然而不到十天就吃光了。

「煮豆芽湯，烤黃花魚。或者煮南瓜粥，烤黃花魚，」妹妹笑著說，「吃光之後，還想再吃。」於是她向婆婆打聽到賣黃花魚的地方，聽說還可以網購。一箱很快就吃完了，於是這次買了兩箱。黃花魚送過來了，妹妹一邊洗，一邊數，兩百條。爲了烤的時候更方便，妹妹把洗過的黃花魚包起來，每四、五條用一個塑膠袋，放在冰箱裡。

「有時候洗著洗著，突然想把所有的黃花魚都扔掉。」妹妹淡淡地說。「於是我想起了媽媽。媽媽在那個傳統的廚房裡爲一大家子人做了一輩子的飯，她會是怎樣的心情呢？我很想知道。我們多麼能吃啊？還記得嗎？常常要擺兩桌。做飯的鍋怎麼那麼大啊？我們還要用那些小菜裝飯盒……都要重複這些事，媽媽怎麼受得了？而且我們家人口衆多，總會有兩、三個外人來混吃混喝。媽媽不像是喜歡廚房的人。」

聽妹妹這麼說，你無言以對了。關於媽媽和廚房，你從來沒有分開想過。媽媽就是廚房，廚房就是媽媽。媽媽喜歡廚房嗎？你從來沒考慮過這個問題。

爲了存錢，你媽媽還養蠶、做酒麴、做豆腐。存錢的最好辦法是不花錢。媽媽不管做什麼事都很節省。有一天，媽媽把家裡用了多年的油燈、磨石和缸賣給了外地來的二手商人。他們想和媽媽買還在用的老古董。平時媽媽不把這些東西放在眼裡，現在卻像個商人似的跟他們討價還價。剛開始好像是媽媽處於下風，但是媽媽也絕非省油的燈。你靜靜地聽著。

「誰會花那麼多錢買這些沒用的東西？」媽媽提完價錢後，那些人冷笑著說。

「那你們何必跟我買這些不值錢的東西？」說著，媽媽收起油燈準備走。

「大嬸要是出來做生意，肯定嚇嚇叫！」那幾個商人發牢騷說，然後給了媽媽想要的價錢。

不管買什麼，你媽媽從來沒用原價買過。大部分東西，媽媽都會親手解決。因此，媽媽的手從來沒有停下來的時候。媽媽縫衣服，做編織，不停種田。媽媽的田裡從來沒有空著的時候。春天埋下馬鈴薯種子，播下生菜、茼蒿和冬葵，以及韭菜種子，種上辣椒，埋下玉米種。圍牆底下種南瓜，田埂裡種豆子。媽媽身邊總是出現不同的果實，芝麻、桑葉、黃瓜。媽媽不是在廚房，就是在田裡。或者在挖馬鈴薯、挖地瓜、摘南瓜、拔白菜和蘿蔔。媽媽的勞作彷彿在告訴你們這樣的眞理，一分耕耘一分收穫。媽媽只會花錢買那些種不出來的東西，比如春天放養在院子裡的鴨子和小雞，比如豬圈裡的豬仔等等。有一年，門廊下面的狗生了九隻小狗。過了一個月，媽媽留下兩隻，其他都裝進竹筐裡。還有一隻裝不下，媽媽要你抱在懷裡跟她走。你和媽媽上了車子。車裡都是要去鎮上賣東西的人，背著大袋子，裝滿乾辣椒、芝麻和黑豆，有的筐裡只裝了三、四棵白菜和幾個蘿蔔。你們在鎮中心的公車站牌前坐下來，過路人開始討價還價。你跟在媽媽身後，把抱在懷裡的熱呼呼的小狗放進竹筐裡，讓牠和其他小狗玩耍。然後，你蹲坐在媽媽旁邊，等著賣小狗。經過媽媽一個月的精心餵養，小狗長得胖嘟嘟，健康乖巧又親人。小狗朝著蹲在竹筐前的人們搖尾巴，伸出舌頭，還舔了他們的手。媽媽的小狗賣得比蘿蔔、白菜和豆子都快。最後一隻小狗賣掉了，媽媽伸了伸腰。你握住媽媽的手。媽媽問你，「想要什麼？」媽媽從來沒有這樣問你，你看著媽媽。

「我問你想要什麼？」

「書！」

「書？」

「嗯，書！」

聽你說要書，媽媽顯得有些爲難。她看了看你，問你哪裡有賣書。你走在前面，帶著媽媽去了位於交叉路口的書店。媽媽沒有進去，而是叫你進去挑一本，看價錢。平時就算買雙膠鞋，媽媽也要試來試去，一會兒穿上、一會兒脫下，再和店家討價還價。這回卻讓你自己選書，而且要你問問價錢，完全沒有殺價的意思。突然間，你感覺書店猶如曠野，不知道該選什麼書才好。之所以想買書，是因為你看了哥哥借來的書，沒看完就被哥哥搶回去了。你很生氣。學校圖書館裡的書和哥哥借來的書不一樣。比如《謝氏南征記》或者《申潤福傳》之類。媽媽等在書店門外，你選了《人性，太人性》。這是課外書，媽媽幫你付了錢，然後茫然地看著你選的書。

「是學校要看的書嗎？」

你生怕媽媽改變主意，趕緊點頭。其實你也不知道那是什麼樣的書。作者是尼采，你連尼采是誰都不知道。人性，太人性。你只是喜歡這書名，於是選了這本書。媽媽也不討價還價，直接付了錢，把書放在你手中。從家裡出來的時候，你懷裡抱著的是小狗，現在抱著的卻是書。坐在回家的車上，你望著窗外。一個彎腰駝背的老奶奶正用焦急的目光望著來來往往的路人，等著賣她的米。

走在看得見外婆家的山路上，你媽媽說，外公去外地挖金礦、挖煤礦，直到媽媽三歲才回家。他去興建中的火車站工作，卻碰上了意外事故。村裡人到外婆家通知外公遭遇事故的消息，看見正在院子裡跑來跑去玩耍的媽媽，他們不禁說：「自己的爸爸死了都不知道，還笑得傻呼呼，真不懂事。」

「媽媽還記得三歲的事情？」

「記得。」

你媽媽說，她曾經抱怨過自己的媽媽，也就是你的外婆。

「媽媽孤身一人，吃盡了苦頭，這不用說了。可是她應該讓我上學啊。哥哥上了日本學校，姊姊也上了學，爲什麼就不讓我去？我現在兩眼摸黑，一輩子睜眼瞎……」

你媽媽終於答應了，如果你不告訴大哥，她就跟你去首爾。跟你走出了家門，媽媽又叮囑好幾遍，千萬不要告訴你哥哥。你們去醫院檢查媽媽頭痛的原因，卻從醫生那裡得知了意外的消息。原來早在很久以前，你媽媽就曾經腦中風。腦中風？你驚訝地說，沒中風過啊。醫生指著媽媽腦部照片中的某個點，說那就是得過腦中風的痕跡。

「中風過？媽媽怎麼會不知道呢？」

「本人不可能不知道。從血液聚集的情況來看，本人應該能感覺到中風的衝擊。」醫生說媽媽的身體經常處於病痛狀態，總是有陣痛相伴。

「經常處於病痛狀態？媽媽向來都很健康啊？」

「不是的。」

你感覺像是被藏在口袋裡鑽出來的錐子，刺傷了手背。

積聚在媽媽大腦裡的血被抽出來了，可是媽媽的頭痛並沒有緩解。有時媽媽正和別人聊天，頭痛突然發作，她就用雙手捧住腦袋，像是扶著眼看就要破碎的玻璃缸，然後推開大門，躺在儲藏間的平板床上。

「媽媽，你喜歡廚房嗎？」

有一次，你這樣問媽媽。媽媽似乎沒聽懂。

「你問我喜不喜歡待在廚房裡？喜不喜歡做飯做菜？」

媽媽納悶地望著你。

「廚房有什麼喜不喜歡的啊？這是必須要做的事，不做不行。我在廚房裡做飯，你們才有東西吃，才能上學。人活著，怎麼可能只做自己喜歡的事情？很多事情是不能不做的，喜歡也好，討厭也罷。」

媽媽顯得很疑惑，似乎不明白你爲什麼要這樣問。接著，媽媽又嘮叨了一句，「如果都只做自己喜歡的事情，那不喜歡的事情又讓誰去做呢？」

「那答案是什麼？喜歡？還是不喜歡？」

媽媽像是要吐露什麼秘密，看了看四周，小聲說，「我打碎過好幾個缸蓋。」

「打碎缸蓋？」

「無止無盡啊。做農活的時候，只要春天播種，秋天就能收穫。播下菠菜種子的地方，肯定會長出菠菜；播下玉米種子的地方，肯定會長出玉米……廚房裡的事卻沒完沒了。吃了早飯，不一會兒就到了午飯，轉眼又到了晚上，天一亮又要吃早飯……如果多做些小菜，我也可以省點兒力氣，可是每年種在田裡的東西都一樣，每次都是一樣的菜，做了一遍又一遍。有時我真的很煩，感覺廚房就像監獄。這種時候我就走到醬缸旁，挑個不好看的醬缸蓋，使勁摔到牆上。你大姑不知道。如果知道了，肯定會說我瘋了，好好的缸蓋竟然也要摔碎。」

你媽媽說，她會在兩、三天之內買來新的缸蓋，蓋在缸上。

「還是要花錢啊。每次去買新缸蓋的時候，我就很心疼錢，可是我還是控制不住自己。缸蓋破碎的聲音對我來說就像仙丹靈藥，心裡一下子就痛快了，煩惱也散去了。」

你媽媽好像生怕別人聽見似的，右手食指放在嘴角，「噓」了一聲。

「這件事我從來沒說過，千萬不要告訴別人！」

媽媽的臉上帶著調皮的笑容。

「如果你討厭做飯，也可以摔個小碟子什麼的，怎麼樣？哎，雖然心疼，但是心裡爽快得很。不過你還沒結婚，沒有喜不喜歡做飯的問題。」

你媽媽深深地嘆了口氣。

「不過啊，我還是很喜歡你們小的時候。我想要重新戴好頭上的毛巾都沒有時間，但是只要看到你們圍坐在飯桌旁，搶著吃飯，我就覺得心滿意足了。你們都很好養，哪怕只做個南瓜醬湯，你們也吃得津津有味。偶爾給你們蒸條魚，你們就笑開了花……幾個胃口都很好，我眞害怕你們一下子都長大了。有次煮好馬鈴薯，讓你們放學回家吃。我從外面回來，卻發現鍋裡已經空了。儲藏間米缸裡的大米每天都降低一大截，有時一挖就空了。準備做晚飯的時候，伸進米缸去量米，結果一碰就碰到了缸底。哎，我的孩子，明天早晨吃什麼呀？我的心一下子就沉下去了。那時候也說不上喜不喜歡廚房裡的事。做上一大鍋飯，旁邊煮上一小鍋湯，想到的不是辛苦，而是這些東西都要進到我孩子的嘴裡，心裡別提有多踏實了。你們現在可能想像不到，那時候我每天都擔心沒有東西吃。所有人都是這樣，塡飽肚子最重要。」

你的媽媽笑著說，那段塡飽肚子最重要的時光，是人生中最幸福的時光。然而，頭痛奪去了媽媽臉上的笑容。頭痛宛如長著利齒的田鼠，撕咬和吞噬著媽媽的靈魂。

你去找人幫忙印尋人啓事。那個人穿著陳舊的麻布衣，明顯經過精心的縫製。你不是第一次見到他穿著陳舊的麻布衣，但是不知爲什麼，那件衣服占據了你的視野。他已經聽說了你媽媽的事，按照你做好的尋人啓事進行設計。他說他馬上找常合作的印刷廠，盡快幫你印出來。媽媽沒有近照，最後弟弟決定使用上傳到網上的父親七十大壽時的全家福。看到照片上的媽媽，他說：「您的母親眞美。」你卻沒頭沒腦地說：「你的麻衣眞不錯。」他笑了笑。

「這是母親給我做的衣服。」

「您母親不是去世了嗎？」

「活著的時候做的。」

他從小皮膚過敏，只能穿麻料的衣服。別的材料一碰，身體就癢，甚至長出膿瘡。他從小到大都是穿母親幫他縫製的衣服。他說，記憶中的母親總是在做針線活。如果從內衣到襪子都要親手縫製，恐怕眞的要每天都做針線活。母親去世之後，他打開衣櫃一看，裡面放著那麼多麻布衣，足夠他穿一輩子了。現在穿在身上的，就是母親留下的衣服。他的母親長什麼模樣呢？聽他說起母親的時候，你的心裡彷彿被什麼堵住了。他在回憶自己親愛的母親，你卻問出了這樣的話，「您的母親開心嗎？」

「我的母親和現在的女人不一樣。」

他的語氣很慎重，神情彷彿在抗議，認爲你的問題侮辱了他的母親。

第二章

對不起，亨哲

一個女人接過亨哲發的尋人啓事，停下腳步，仔細看了看照片。女人就站在首爾站的鐘樓下面，媽媽曾經在那裡等他。

他在城裡找到房子之後，媽媽來到首爾。當時，媽媽看起來就像躲避戰亂的女人。媽媽頭頂肩扛著帶給他的東西，有的甚至纏在腰間。媽媽就這樣走出了首爾站的月台。這樣竟然還能走路，眞是太神奇了。如果可以，媽媽還能把茄子、南瓜之類掛在腿上帶來。因爲媽媽的口袋裡不時掉出青辣椒和栗子，以及用報紙包著的蒜瓣。他去接媽媽的時候，看見媽媽腳下堆著許多包袱，實在難以相信一個女子能帶這麼多東西。媽媽滿臉通紅，站在包袱中間，望眼欲穿地等著他出現。

有個女人慢慢地走到他面前說：「我好像在龍山二街戶政事務所見過這個人。」她指著尋人啓事上的媽媽。妹妹製作的尋人啓事上，他的媽媽身穿淺藍色韓服，臉上帶著燦爛的笑容。「不是這件衣服，但是眼睛太像了，有如牛眼，所以我印象很深。」女人看了看尋人啓事上媽媽的眼睛說。「她的腳背受了傷。」女人又說。他的媽媽穿著藍色的拖鞋，也許是走太多路了，拖鞋嵌入大拇趾旁的腳背，磨掉了皮。傷口化膿，引來了蒼蠅，她不停地揮手驅趕。肯定很疼，可是她好像不在乎傷口，在事務所裡走來走去。這是一週前的事了。

一週前？

不是今天早晨，而是一週以前，女人在事務所前面看見了他的媽媽。只是因爲尋人啓事上，媽媽的眼睛和事務所門前見到的女人的眼睛很像——他不知道應該如何理解女人的話。女人匆匆離開，他繼續向路人分發尋人啓事。家人都動員起來了，從首爾站到南營洞，從飯店到服裝店，從書店到網咖，到處都張貼著尋人啓事。如果有人認爲違法而撕掉尋人啓事，那就趕快原位補貼一張。不僅一個方向，還有南大門、中林洞和西大門，都有家人在輪流分發或張貼尋人啓事。報紙廣告也登了，一通電話都沒有接到。尋人啓事發出去了，倒是有人打電話來。聽說有人在飯店裡看見了媽媽，他衝了過去。原來不是媽媽，而是在飯店裡工作的女人，只是和媽媽年齡相仿罷了。還有一次，有人打電話說媽媽正在自己家裡，告訴他詳細地址，請他趕快過去。他滿懷希望地趕到了，但那個地址根本不存在。還有人說，如果先支付尋人啓事上標明的五百萬酬金，便可以幫他們找到媽媽。半個月過去了，連這樣的事情也銷聲匿跡了。他的家人們曾經滿懷期待地尋找，後來只能垂頭喪氣地坐在首爾站的鐘樓前。人們接過尋人啓事，馬上揉成一團，扔在地上。他的作家妹妹則會撿起來，繼續發給別人。

妹妹手裡捧著一大疊尋人啓事，出現在首爾站，來到他的身邊。妹妹乾巴巴的眼睛瞥了他一下。他問：「要不要聽那個女人的話，到龍山二街去看看？」

「媽媽怎麼可能去那裡？」妹妹悶悶不樂地說。

「不管怎樣，還是去看看吧。」他說。

然後，妹妹繼續向路人分發尋人啓事，同時大聲對他們說：「這是我的媽媽，請不要扔掉，先看一看。」妹妹每次出版新書，報紙都會刊登她的照片，可是竟然沒有人認出她。比起默默地散發尋人啓事，這樣大聲叫喊似乎更有效果。幾乎沒有人像先前那樣接過去就馬上扔掉了。除了他家和弟弟、妹妹家以外，這個城市裡沒有媽媽能去的地方。這是他和家人的痛苦之處。如果媽媽有能去的地方，還可以在那附近找找，然而卻沒有這樣的地方，他們只能在整個城市裡漫無目的地尋找。妹妹說出那句「媽媽怎麼可能去那裡」的時候，他突然想起來了，女人所說的龍山二街戶政事務所，是他在這個城市的第一個工作地點。那已經是三十年前的事情了。

風很涼，他的臉上卻流著汗。他已經五十歲了，在一家建築公司擔任行銷總監。今天是星期六，休息日。如果不是媽媽走丟，現在他應該在松都的樣品屋裡。位於松都的大型公寓即將竣工。爲了達成百分之百的業績，他不分晝夜地辛勤工作。從春天開始，他還要負責選拔一般家庭主婦來拍廣告，因爲大衆已看膩了明星。此外，他還要忙於裝修樣品屋，接待媒體記者，他都不記得上次在半夜之前回家是什麼時候了。每到星期日，他還要陪同大老闆和主管們去束草或橫城打高爾夫。

「哥！媽媽不見了！」

一個夏天的午後，弟弟急匆匆的聲音打破了他平靜的生活，宛如踩著尙未凍實的冰面，發出喀嚓的聲音。父親和媽媽準備搭地鐵去弟弟家，但是父親剛上車，地鐵就出發了，把媽媽一個人留在地鐵站。聽到這裡，他還沒把這件事和媽媽的失蹤連結起來。弟弟說已經報警的時候，他還在想，是不是太小題大作了？直到一週後，他才開始在報紙上登廣告，連絡醫院的急診室。家人每天夜裡都兵分幾路去遊民中心尋找，然而每次都空手媽，獨自留在地鐵站的媽媽，像夢一樣消失了，不留痕跡。他甚至想問父親，媽媽真的跟他來首爾了嗎？媽媽走丟了。十天過去了，半個月過去了，一個月都快過去了，他和他的家人失魂落魄，彷彿大腦的某個角落受到了嚴重損傷。

他把手裡的尋人啓事交給妹妹。

「我去看看。」

「龍山嗎？」

「是的。」

「你想到什麼了嗎？」

「我剛來首爾的時候，就住在那裡。」

他告訴妹妹，有事會打電話給她，提醒她注意看手機。這話已經沒有必要了。平常不接電話的妹妹，現在三響前就會接起電話。他走向計程車招呼站。媽媽對這個三十多歲卻遲遲未婚的妹妹很擔心。有時候天剛亮就打電話，「亨哲呀！你去智憲家看看，她怎麼不接電話呢？我心裡七上八下。她不接電話，也不打電話……一個月沒聽見她的聲音了。」她說：「妹妹可能在埋頭寫作，或者去外地了。」媽媽還是差遣他去妹妹的大樓看看。她一個人住，說不定生病了，臥床不起，也可能在浴缸裡滑倒了……聽了媽媽列舉單身女人可能遇到的危險，他也覺得不無可能。聽了媽媽的囑咐，他會在上班時間或者午飯時間趕到妹妹的大樓。堆積在門口的報紙是妹妹不在家的證據。他收起報紙，扔進垃圾桶，然後回去。如果門前沒有報紙或牛奶，那麼他就知道妹妹在家，不停地按門鈴，直到妹妹探出睡眼惺忪的臉，氣呼呼地問：「怎麼又來了？」有一次他按門鈴的時候，遇到一個前來找妹妹的男人。男人尷尬地向他問好。他還沒問對方是誰，男人就說出了妹妹的名字，還說他和妹妹長得很像，所以不需要問了。男人說他也是突然找不到妹妹，所以才趕來看看。之後，他就會告訴媽媽，妹妹可能去旅行了，或者妹妹還好好地待在家裡。聽到這樣的消息，媽媽常常嘆著氣說：「這樣下去，就算她死了，我們都不知道。」然後又問：「這孩子到底做什麼工作？」每當妹妹半個月、甚至一個月杳無音訊，主要是爲了寫小說。「非得要這樣寫小說嗎？」每次媽媽這樣問的時候，妹妹就自言自語地說：「以後我會打電話給媽媽的。」僅此而已，不管媽媽怎麼說，家裡還是偶爾會連絡不上妹妹。大約兩、三次吧，他沒理會媽媽的囑咐，從此之後，媽媽就不再要求他去妹妹家看看了。媽媽只是說：「你現在也沒時間聽我說話了。」找不到妹妹的情況仍然時而出現，應該有別人代替他爲媽媽跑腿吧。「媽媽的失蹤，」妹妹自言自語，「也許是老天懲罰我吧……」

從首爾站到淑明女子大學之間的路上塞滿了車。他瞪大眼睛，望著車窗外面，觀察著來來往往的人流，或許媽媽就在人海裡。

「先生！您要去龍山二街戶政事務所，是吧？」

從淑明女子大學朝龍山高中方向轉彎的時候，計程車司機問道。他沒有聽見。

「先生？」

「嗯？」

「您說要去龍山二街戶政事務所，是吧？」

「嗯。」

二十歲那年，他每天都要走這條路，可是車窗外的風景卻是那麼陌生。這條路對嗎？

他甚至懷疑。也難怪，三十年歲月流逝，如果不變，那才奇怪。

「今天是星期六，戶政事務所應該沒辦公吧。」

「嗯。」

計程車司機還想說什麼，但沒再開口。他拿出一張尋人啓事，遞給計程車司機。

「如果看見她，請打電話給我……」

司機看了一眼他遞過來的尋人啓事。

「是您母親？」

「嗯。」

「怎麼會……」

今年秋天，妹妹打電話說媽媽有點兒反常，可是他不以爲意。到了這個年齡，身上有小毛病很正常。妹妹沉痛地告訴他，媽媽曾經因爲頭痛而昏厥，於是他打了電話回鄉下的家裡。媽媽高高興興地接起電話，「是亨哲嗎？」

「沒事吧？」他問媽媽。

媽媽笑著說：「要是有什麼事就好了，哎，別擔心了，我們兩個老人還能有什麼事？你們照顧好自己就行了。」

「到首爾來吧。」

媽媽說：「好……好吧。」聲音模糊了。妹妹對他的冷漠感到氣憤，跑到他公司門前，拿出媽媽的腦部照片給他看。妹妹轉達了醫生的話，腦中風曾經襲擊媽媽的大腦，可是連媽媽自己也不知道。他仍然漫不經心地聽著，妹妹盯住他的眼睛，大喊：「大哥！你還叫尹亨哲嗎？」

「媽媽說沒事啊！」

「媽媽這麼說，你就相信？媽媽每次都這樣說啊！你明明就知道，還裝糊塗？媽媽是覺得對不起你，才這樣說啊。」

「媽媽爲什麼對不起我？」

「我怎麼知道？你爲什麼讓媽媽覺得對不起你？」

「我怎麼了？」

「早在很久以前，媽媽就常把這句話掛在嘴邊。我也想問，媽媽爲什麼總是說對不起哥哥？」

三十年前，他通過了分成五級的公務員考試，最先接到分發命令的地方是龍山二街戶政事務所。原本在鄉下讀高中的他，沒有考上首爾的大學，聽到這個消息的時候，媽媽顯得難以置信。這樣的反應其實也理所當然。從小學到高中，他向來都是第一名。不管參加什麼考試都是第一名。小學六年級，他以第一名的成績考入初中，連學費都免了。連續三年他都得第一名，因此從來沒繳過學費。考高中的時候，他的成績也是第一名。**哎，我眞想給我們亨哲繳一次學費。**每次媽媽拿他炫耀的時候，總會這樣說。高中時代仍然第一名的他，卻在考大學時落榜了，媽媽當然難以理解。不僅沒考到第一名，還落榜了。聽到這個消息的時候，他的媽媽露出了不可思議的神情：**你不行，還有誰行呢？**他還打算考上大學以後，繼續努力，再得第一名呢。不是打算，是必須這樣。無論如何，他也只能靠獎學金讀大學了。然而他落榜了，不得不考慮別的出路。重讀不是他的選擇，他也很快就找到自己要走的路。他參加了兩種公務員考試，全部通過了。他選擇了最先發布分配命令的地方，離開了家。幾個月後，他得知首爾一間大學的夜間部有他想讀的法律系，於是想要報名，然而報名需要高中畢業證書。如果寫信請家人到學校申請畢業證書，再寄過來，到達的時候也許就錯過了報名日期。於是他寫信給父親，請父親在車站把畢業證書交給要來首爾的人，然後到郵局打通電話給戶政事務所，告訴他車次，他就可以到車站跟那個人拿畢業證書了。他等了很久，也沒有接到電話。那時候農村還沒有電話，他也沒有辦法打聽。隔天就要遞交報名表了，他不知道有多麼著急。就在那天夜裡，突然有人來敲戶政事務所的門。當時他住在事務所。本來是職員們輪流值班，但是他沒有住處，所以就住在事務所的值班室裡，等於每天值班了。敲門聲很響亮，彷彿要把事務所的門敲碎。他出去看時，黑暗中站著一個年輕人。

「這位是您母親嗎？」

他的媽媽凍得瑟瑟發抖，站在年輕人的身後。還沒等他開口，他的媽媽就走上前去，

亨哲呀！是我！是媽媽呀！青年看了看手表說，再過七分鐘就宵禁了！然後對他媽媽說

了聲再見，轉身跑向宵禁之前的黑暗。

父親不在家，妹妹讀了他的信，媽媽不知如何是好。後來媽媽去了他曾經就讀的高中，申請了畢業證書，然後直接上了火車。那是他媽媽生平第一次坐火車。到了首爾，媽媽向路人打聽龍山怎麼走的時候，正好問到那個年輕人。深更半夜，他的媽媽說有東西要交給自己的兒子，年輕人不得不帶她來到事務所。儘管是冬天，他的媽媽卻穿著藍色拖鞋。秋收的時候，不小心被鐮刀割傷了大拇趾一側的腳背，傷口還沒癒合，最好能穿前面沒有封口的鞋子，但找來找去只有這雙拖鞋。他的媽媽把拖鞋脫在值班室門口，對他說：「快進來，不知道來不來得及。」說著，媽媽把高中畢業證書遞到他的面前。媽媽的手凍僵了。他抓住媽媽冰冷的手，暗下決心，一定要讓擁有這雙手的女人幸福快樂。然而他嘴上卻責怪媽媽，「陌生人要你跟著走，你就跟著走，這怎麼行呢？」媽媽卻反過來責怪他，「人和人之間怎麼能沒有起碼的信任呢？這個世界上好人比壞人多得多！」媽媽的臉上露出了特有的樂觀笑容。

他站在關門的事務所門前，上上下下打量著事務所的大樓。媽媽不可能來這裡，如果能找到這裡，應該也能找到他家了。那個女人說在這裡見過可能是他媽媽的人，還說記得媽媽的眼睛，還說媽媽穿著藍色的拖鞋。藍拖鞋？父親說媽媽穿的不是藍拖鞋，而是乳白色的低跟涼鞋。女人說他的媽媽走路太多，拖鞋已經陷進了腳背，皮都磨掉了。她分明說媽媽穿的是藍拖鞋。他這才想起媽媽失蹤時，穿的是乳白色的低跟涼鞋。他在事務所裡看了看，走上了連接保聖女中和恩成教會的路。

事務所的值班室還在嗎？

爲了給二十歲的他送高中畢業證書，媽媽奮不顧身地踏上開往首爾的火車，來到了事務所的值班室。那天夜裡，他和媽媽並排躺在床上，就在那間值班室。恐怕這是他最後一次和媽媽並排躺在一起了。臨街的牆裡透進來冷風。媽媽站起來說：「我得靠牆躺著，要不然睡不著。」說著，媽媽和他換了位置。「那邊有風……」他起身把書包和書堆在牆邊，連同脫下的衣服也堆了過去。「不用了，」媽媽抓住他的手，「快睡吧，明天還要工作呢。」

「第一次來首爾，感覺怎麼樣？」他面朝值班室的天花板，和媽媽躺在一起，問道。

「沒怎樣。」媽媽笑著說。「你是我生的第一個孩子。你讓我體驗到的第一次豈止是這些？你的一切對我來說都是新的世界。不管你做什麼，對我來說都是嶄新的經歷。肚子第一次隆起那麼大，第一次餵奶。生你的時候，我的年齡和你現在一樣。第一次看到你的時候，你連眼睛都睜不開，通紅的小臉被汗水浸濕了……別人生下第一個孩子之後都是又驚又喜，我卻很慌張。這個新生兒是我生的嗎……以後我該怎麼辦……我突然很害怕，剛開始連你軟綿綿的手指都不敢碰。你的小手握得很緊，我把你的手指一根一根分開，你就笑咪咪地看著我……你的手是那麼小，好像多摸幾次就會融化了。那時候的我什麼都不懂啊。十七歲出嫁，十九歲還沒懷上孩子，你大姑就說，看樣子是生不出來了。當我知道懷了你的時候，首先想到的就是以後不用聽你大姑說這種話了，這是最讓我高興的事。然後，看到你的手指越來越長，腳趾越來越粗，我眞的好開心。疲憊不堪的時候，就進屋看看躺著的你，伸開你的小手指看看，摸摸你的腳趾頭，然後我就有了力量。第一次給你穿鞋的時候，我眞的興奮不已。你邁著搖擺的步伐朝我走來，我笑得合不攏嘴。即使有金銀財寶落到我面前，我也不會笑得那麼開心。送你上學的時候就不用說了，我把名牌和手帕別在你胸前，不知爲什麼，我好驕傲。看到你的小腿漸漸變粗，那種快樂眞的是任何事情都比不了的。快快長大吧，我的孩子，每天我都這樣唱著。不知不覺，我突然發現，你的個子已經比我高了。」

媽媽朝他挺了挺後背，撫摸著他的頭髮。

「心裡盼著你快長大，可是當你眞的比我還高的時候，雖然你是我的孩子，我還是感到恐慌。」

「……」

「你跟別的孩子不一樣，根本不需要媽媽說什麼。不管什麼事，你都自己處理。你一表人才，頭腦又好，是我的驕傲啊。直到現在，我還是會懷疑，你眞是我生出來的嗎……你看看，要不是因爲你，我哪有機會來首爾啊。」

他心裡想，**我一定要多賺錢，等媽媽下次來首爾的時候，讓她可以睡在溫暖的地方，不能再讓媽媽躺在冷颼颼的地方睡覺。**不知道過了多久，媽媽低聲呼喚他的名字，亨哲呀！他快睡著了，耳邊隱隱傳來媽媽的聲音。媽媽伸出手，撫摸他的頭髮。媽媽坐起身來，彎腰注視著睡夢中的他，輕輕地伸出手，摸摸他的額頭。媽媽對不起你。爲了擦眼淚，媽媽趕緊把手從他額頭上收回來。然而，媽媽的眼淚還是滴落在他的臉龐上。

清晨醒來，他看見媽媽正在掃地。他要媽媽別掃了。媽媽卻說，手閒著也閒著，好像手一閒下來，就會受到懲罰似的。媽媽接著還拖了地板，然後又把大家的桌子擦得乾乾淨淨。媽媽嘴裡吐著氣，紅腫的腳背露出藍拖鞋外面。等待豆芽湯店開門的時間裡，事務所已經被媽媽打掃得窗明几淨了。

這棟房子還在，他瞪大了眼睛。他在巷弄裡走來走去，尋找媽媽的身影。走著走著，他來到了三十年前租屋的房子門前。大門頂端依舊有著鋒利如刃的尖角。那個曾經愛過他，最後卻選擇離開他的女孩，偶爾會把裝有南瓜餅的塑膠袋掛在那裡。除了這棟房子，周圍都變成了透天厝或公寓。

他看了看貼在大門上的紙條。

押金一千萬，月租十萬；押金五百萬，月租十五萬亦可。

八坪，有水槽，附衛浴設備。

距離南山很近，適合運動，二十分鐘到江南，十分鐘到鐘路。缺點：廁所小，不過沒有人會成天窩在廁所。在龍山很難找到這樣的好價錢。屋況不錯，但因爲我買了汽車，需要停車場，忍痛割愛。請傳簡訊或寄電子信箱。自租，非仲介。

看過手機號碼和電子信箱後，他輕輕推開大門，像三十年前那樣。大門開了。他往裡面看了看。和從前一樣，這個ㄇ字型住宅裡的所有門都開向外面。他曾經居住過的房間緊鎖著。

「有人嗎？」

他提高嗓音，大聲問道。兩、三扇門開了。兩個短髮少女和兩個十七歲左右的男孩子探出頭來看他。他走了進去。

「請問你們有沒有見過這個人？」

他先把尋人啓事遞給少女。見兩個男孩子準備關門，他也趕緊把尋人啓事遞給他們。裡面還有兩個和他們年齡相仿的女孩。男孩子察覺他往房間裡看，於是用力關上了門。房間外觀和三十年前沒什麼兩樣，只是裡面改造成了單人房。廚房和房間合起來了。房間一側有水槽。

「不知道！」

兩個少女又把尋人啓事還給了他。也許是正在睡午覺，她們的眼角有眼屎。兩個少女轉過身，望著他走進大門的背影。他剛要走出大門，這時，房門又開了，男孩子叫住了他，「等一等！」

「這位老奶奶幾天前好像坐在這個大門口……」

他走過去，另一個男孩子探出頭來，卻連連否定，「不是吧！」

「這位奶奶年輕多了，那個奶奶滿臉皺紋，頭髮也不是這樣……那是遊民啦。」

「不過眼睛很像啊。你看看眼睛，就是這個樣子。如果能找到，眞的有五百萬嗎？」

「只要消息準確，即使找不到，也會答謝。」

兩個男孩子被他叫出了門外。剛才關門的兩個女孩又打開門，向外張望。

「那位奶奶是下面啤酒店家的奶奶，有老年癡呆，關在家裡，可是她偷跑出來，迷了路。啤酒店家的叔叔把她帶回去了。」

「不是。跟這位奶奶不一樣……腳背磨破，化了膿，引來蒼蠅，她不停地揮趕……又髒又臭，我沒仔細看。」

「然後呢？你看見她去哪兒了嗎？」

他匆忙問男孩。

「沒有，然後我就進來了。她一直想跟我進來，我就趕緊關門了……」

除了那個男孩，再也沒有別人看見他的媽媽了。「我眞的看到了！」男孩追上他，而且還走在他的前面，東看西看。分開的時候，他給了男孩子一張十萬圓的支票。男孩兩眼發亮。他對男孩說：「如果以後再看到這位奶奶，務必留住她，然後趕快打電話給我。」男孩沒有專心聽他說話，反而問：「所以你會給我五百萬？」他點了點頭。男孩又多要了幾張尋人啓事。他說自己在加油站打工，可以把尋人啓事貼到那裡。如果別人在那裡看見尋人啓事，而找到奶奶，也要給他五百萬，因爲是他幫忙貼的。亨哲同意了。

誓言的重量已逐漸輕薄——自己曾經對媽媽許下的那些決心。媽媽，在事務所的值班室裡，爲了不讓兒子躺在牆邊，而謊稱自己不靠牆就睡不著的媽媽，那個跟他換了位置的媽媽。他許下媽媽再來這個城市的時候，一定要讓她睡在溫暖房間裡的誓言。

他從口袋裡掏出香菸，叼在嘴裡。不知從什麼時候開始，他的心已經不屬於自己了。不知從什麼時候開始，他已經忘記媽媽的存在了。媽媽沒有和父親一起搭上地鐵，孤零零地留在地鐵站裡的時候，我在忙些什麼呢？他又抬頭看了看戶政事務所，轉過身去。我在做什麼呢？他垂下了頭。媽媽走丟的前一天，他和同事們喝酒，並不是很愉快。向來對他畢恭畢敬的同事K喝了幾杯酒之後，有意無意地諷刺他，說他是個聰明人。他在公司裡負責仁川松都的公寓銷售，而K負責龍仁的公寓銷售。K之所以說他聰明，指的是他準備了受中年族群喜愛的歌手演唱會門票作爲贈品，送給前來樣品屋的顧客。這不是他的主意，而是他的作家妹妹想到的。妹妹到他家，妻子把上次銷售公寓時當作贈品的浴室腳墊送給妹妹。

妹妹說：「爲什麼大家都以爲主婦喜歡這樣的東西？眞是搞不懂。」

他說：「我也在傷腦筋送什麼比較合適。你覺得送什麼才能留下深刻印象？」

「這個嘛，我也不知道，反正這種東西很快就會忘記，鋼筆會不會好些？如果把腳墊之類的東西當作贈品，大家肯定不當回事。如果送書或電影票，顧客說不定還會仔細看看。而且，爲了要用電影票，大家還會騰出時間，這樣一來，就會經常想起看樣品屋的事情了。只有我這麼覺得嗎？」妹妹最後好像是忘記了，沒有帶走浴室腳墊。

開會討論到贈品的時候，他提出了藝文類的贈品，沒有人反對。當時正好有位深受中年族群喜愛的歌手舉行演唱會，他準備了很多門票，因此受到了董事們的稱讚。說不定也是董事們喜歡的歌手。從問卷調查也可以看出，演唱會門票大大提升了公司的形象。應該不只是贈品的緣故，但是他負責的公寓幾乎銷售一空，而K負責的公寓只售出百分之六十。這種情況下，很可能滯銷，K不能不緊張。亨哲笑了笑，說自己只是運氣好罷了。

幾杯酒下肚，Ｋ說，如果他把非凡的頭腦用到別的地方，說不定已經做了檢察長。Ｋ之所以拿「檢察長」這幾個字來挖苦他，是因爲Ｋ知道亨哲是法律系出身，還準備過司法考試。公司的主流勢力是Ｙ大和Ｋ大，然而他既不是Ｙ大，也不是Ｋ大出身，究竟是用了什麼手段，升得這麼快呢？Ｋ的語氣裡夾雜著嘲諷和挖苦。最後，亨哲潑了Ｋ倒給他的酒，起身離開。早晨，妻子說她不去首爾站接爸媽，而是要去小真那裡。那時候他還想著自己要算準時間去接，但父親突然說他想到最近剛剛搬好的老二家看看。他本來想親自把父母送到老二家，然而上班以後，突然渾身乏力，頭也隱隱作痛。父親也說沒問題，找得到老二家……他就沒去首爾站，而是去了公司附近的三溫暖。每次喝多了酒，隔天他就會來這家三溫暖。在那裡，他滿頭大汗。就在那個時候，父親自己上了地鐵，扔下了媽媽。

他曾經是個鄉下小孩，之所以想做檢察官，是爲了要離家出走的媽媽回家。父親帶回來的女人皮膚白皙，渾身散發濃郁香味。女人一從大門進來，媽媽就從側門離開。見他冷漠，女人想收買他的心，每天都在他的便當裡放個煎蛋。他拿著女人精心準備的便當出門上學。弟弟妹妹們看著他的臉色，帶著女人裝好的便當，悄悄走出家門。上學會經過一塊墓地，他把弟弟妹妹們叫了過去。他在墓地前面挖了個坑，要弟弟妹妹們把便當埋在裡面。弟弟不聽話，想拿回便當，被他打了一頓。妹妹聽了他的話，把便當埋進他挖的坑裡。他以爲這樣做，女人就不能再給他們帶便當了。不料女人到鎮上買了新的便當，這回不是普通的便當盒，而是有保溫功能的便當盒。他索性不帶女人的便當去學校，每天不吃飯。離家出走的媽媽不知從誰那裡聽到這件事，特地前去他的學校。女人來他家已經十天了。

「媽媽……」

他淚如泉湧。媽媽帶著他來到學校後面的小山坡，捲起他的褲管，露出了小腿。媽媽從懷裡拿出鞭子，朝著他的小腿打去。

「爲什麼不吃飯？你以爲你不吃飯，我就會高興嗎？」

媽媽的鞭子打得很重。亨哲本來就因爲弟弟妹妹不聽他的話而感到委屈，現在又挨了媽媽的鞭打，年幼的他不懂，越想越氣憤。他也不懂媽媽爲什麼這麼生氣。

「你要不要帶便當？」

「不帶！」

「你這個臭小子，挨打還不聽話！」

媽媽的鞭子更重了。直到媽媽打累了，他也沒有喊疼。不但沒有逃跑，連姿勢都沒有改變。他咬緊牙關，忍受著媽媽的鞭子。

「還不肯帶便當嗎？」

鞭子抽打的痕跡布滿小腿。小腿瘀血了。

「不帶就是不帶！」

他也大聲喊了起來。媽媽終於扔下鞭子，猛地擁他入懷，放聲大哭，「哎喲，你這臭小子！亨哲呀！」後來媽媽止住哭聲，開始安慰他，「不管是誰做的飯，都要吃才行啊。」媽媽對他說：「你好好吃飯，媽媽才不會這麼難過。」難過，這是他第一次從媽媽口中聽到「難過」這樣的字眼。他不知道為什麼自己好好吃飯，媽媽就不會這麼難過。媽媽因為那個女人而離家出走，如果自己吃了那個女人做的飯，媽媽應該更難過才對，然而媽媽卻說了相反的話。即便是那個女人做的飯，他也必須吃進肚子，媽媽才不會難過。他不懂，但是他不想讓媽媽難過，於是悶悶不樂地說：「我吃！」

「這才乖。」媽媽含淚的雙眼裡帶著微笑。

「不過！媽媽要答應我，一定要回家！」

他要媽媽發誓，媽媽的眼神卻閃閃爍爍。

「我不想回家。」

「爲什麼？爲什麼？」

「我不想看到你父親。」

他的淚水再次湧出。看來媽媽眞的不打算回家了，所以才囑咐他要好好吃飯，不管是誰煮的。想到媽媽可能永遠不回家了，他的心裡充滿了恐懼。

「媽媽，我什麼都會做。我會種田、掃院子，我也會挑水。我碾米、我燒柴，我幫媽媽趕老鼠，拜拜的時候我殺雞。我只要媽媽回家！」

每逢拜拜或節日，桌上一定要有雞肉，而媽媽總是拜託父親和家裡的男人們殺雞。雨季過後，媽媽獨自到山田裡扶起倒下的豆秧，從早到晚停不下手。父親喝醉時，媽媽獨自把他背回家。豬跑出了豬圈，媽媽獨自揮著棍子打豬屁股，趕回豬圈。媽媽似乎無所不能，她唯一做不來的事就是殺雞。從小河裡撈來鯽魚，只要魚還活著，媽媽也不敢動手。每到捕鼠日，學校都要求學生把老鼠尾巴帶到學校，以確定眞的捉到老鼠。別的媽媽們抓到老鼠之後，砍下尾巴，包在紙裡，讓孩子帶到學校。但媽媽只要聽到這個話題，立刻蜷起身子，皺起眉頭。身材高大的媽媽不但不敢捉老鼠，連做飯之前去舀米的時候看見老鼠，也會失聲尖叫，飛快地衝出儲藏間。「你看看你！」每次看到魂飛魄散、滿臉漲紅的媽媽從儲藏間裡跑出來，大姑都很不以爲然。亨哲說自己可以殺雞，可以捉老鼠，但媽媽還是不肯回家。

「我會成爲優秀的人。」

「你想做什麼？」

「檢察官！」

媽媽眼睛一亮。

「要當檢察官，要學很多，比你想的多很多。我認識一個人，他爲了當檢察官而廢寢忘食地念書，最後還是沒考上，結果瘋了。」

「只要媽媽回家，我就考得上……」

媽媽靜靜地注視著他懇切的目光，臉上露出了微笑。

「嗯，你一定考得上。你生出來還不到三個月，你就會叫媽媽……沒人教你識字，但你剛上學就會讀書了，而且每次都考第一名。你在家裡，我有什麼理由不回去呢……我竟然沒想到這些，你還在家裡呢……」

媽媽盯著他被鞭子抽得瘀血的小腿，看了很久，然後轉身要背他。他呆呆地望著媽媽的後背。媽媽轉過頭來。

「快上來，我們回家！」

媽媽跟他回了家，把女人推出廚房，自己親手做飯。當女人和父親另外找了間房子時，媽媽已經挽起衣袖，洗好米，準備做飯。爲了回家，爲了兌現和他的承諾，媽媽變成了戰士。父親和女人最終受不了媽媽的折騰，離開村莊的時候，媽媽叫他過來，讓他坐在膝前。他怕媽媽也跟著離家而去，心裡滿是恐懼。媽媽平靜地問他，「今天學得怎樣？」他拿出得了一百分的考卷，遞給媽媽。原本沉悶的媽媽露出喜色。看到考卷上所有的題目都被老師用紅筆畫了圓圈，媽媽使勁摟住了他。

「啊，我的孩子！」

父親不在家的日子，媽媽做什麼都帶著他，甚至還讓他騎父親的腳踏車。父親睡過的床墊，媽媽給了他，還給他蓋上父親的被子。媽媽用大碗給他盛飯，以前只有父親才用那麼大的碗。盛湯的時候，也是最先放在他面前。弟弟妹妹們想吃飯，媽媽責怪他們：「哥哥都還沒動筷子呢！」媽媽會舀起半瓢曬在院子裡的芝麻，拿去跟水果販交換葡萄，然後對弟弟妹妹們說：「這是給哥哥吃的。」每當這時，媽媽都會囑咐他：「你一定要成爲檢察官。」

爲了讓媽媽留在家裡，他覺得自己必須成爲檢察官。

那年秋天，父親不在家，媽媽獨自在家裡割稻穀，打好曬乾。他想幫忙，媽媽卻總是把他推到書桌旁，你認眞念書就好。媽媽趕著弟弟妹妹們去田裡挖番薯，卻要他坐在書桌前好好念書。直到傍晚，挖番薯的人們才推著滿載番薯的推車回家。二弟也想念書，卻被媽媽拉去挖番薯了。二弟趴在河邊，洗著腳趾甲裡的黃土，問媽媽：

「媽媽！難道只有大哥最棒嗎？」

「對！只有大哥最棒！」

媽媽不假思索地拍了拍二弟的後腦杓。

「有沒有我們都沒關係嗎？」

「對！沒有也沒關係！」

「那我們要去找父親了！」

「你說什麼？」

媽媽想再打二弟的頭，卻連忙收回了手。

「好吧！你也最棒，你們都最棒！我最棒的孩子們！快來！」

這時，河邊蕩起了笑聲。他在房間裡，坐在書桌前念書。聽到河邊傳來的家人們的聲音，也跟著笑了。

不知從什麼時候開始，到了夜晚，媽媽不關大門了。也不知從什麼時候開始，每天早晨，媽媽會在父親的碗裡也盛上飯。父親不在家的日子裡，他更加努力地念書。媽媽不願讓他幫忙農作。曬在院子裡的辣椒被雨淋了，媽媽訓斥弟弟妹妹，但因爲想起他可能在書桌前念書，於是壓低了聲音。只要聽到他的讀書聲，原本眉頭緊蹙的媽媽立刻豁然開朗，眼角猶如擦了粉似的光亮起來。媽媽常輕輕地打開他的房門，再輕輕地關上。媽媽拿來煮熟的番薯或柿子，靜悄悄地放在房間，再靜悄悄地關門出來。那年冬天，一個雪花漫天飛舞的日子，父親走進了媽媽敞開的大門，乾咳了兩聲，甩了甩鞋上的雪，推開了房門。天冷了，家人都擠在一個房間裡睡覺。父親摸了摸他和另外幾個孩子的額頭，看著他們。他瞇著眼，目睹了這一幕，也看到媽媽把爸爸的飯碗端上了桌子，看到媽媽拿出用香油烤好的紫菜，放在飯碗旁邊。父親夏天離開，冬天回來，母親卻默默地端來鍋巴湯，放在父親的碗旁，彷彿父親只不過是早上出門，晚上回家。

他大學畢業之後，考上了現在這家公司，然而媽媽一點也不開心。村裡的人都說亨哲進了全國數一數二的好公司，眞讓人羨慕。媽媽沒有笑。他用第一個月的薪水給媽媽買了內衣，媽媽卻瞪著他說：「你的夢想怎麼辦？」

他看了看嚴肅的媽媽說：「先努力工作，存點錢，再用這些錢繼續念書。」

當時，媽媽還很年輕，是媽媽讓他成了堅強的男子漢。

媽媽開始跟他說對不起，是把剛剛初中畢業的妹妹交給他之後。那時候他還沒有存夠錢，沒有辦法準備司法考試。帶著妹妹從鄉下進城的媽媽，幾乎不敢正視他的目光。

「她是女孩子，讓她繼續讀書。你想個辦法，讓她在這裡上學。我不能讓她像我這樣。」

首爾站的鐘樓前，媽媽拉過十五歲的妹妹的手，交到二十四歲的他的手中，轉身想要回去。突然，媽媽改變了主意，提議一起吃個湯飯。媽媽總是撈出湯飯裡的牛肉，夾進他的碗裡。他說自己吃不完，要媽媽也吃一些。但媽媽還是不停地撈自己碗裡的牛肉。媽媽說要吃湯飯，然而最後什麼也沒吃。

「媽媽怎麼不吃？」他問。

媽媽說：「有啊，我吃了。」但是，媽媽仍然撈出自己碗裡的牛肉，夾到他的碗裡。

「可是媽媽……怎麼不吃呢？」

媽媽放下了沾著飯粒的湯匙。

「媽媽實在罪過。媽媽對不起你啊，亨哲。」

媽媽站在首爾站，準備搭火車回家。粗糙的雙手插在空空的口袋裡，指甲剪得短短，兩眼含淚。他也覺得媽媽的眼睛像牛眼。

他打電話給身在首爾站的妹妹。天黑了。妹妹聽出是他，沒有說話，似乎在等他先開口。尋人啓事上寫了所有兄弟姊妹的手機號碼，打給妹妹的電話最多，大多數都是沒有用的資訊。有人說，**老太太在我這裡**，甚至還詳細說出自己的位置。妹妹匆匆忙忙趕到那人所說的天橋下，看到的卻是個年輕男子。也不知道喝了多少酒，睡得很死，恐怕被人背走都不知道。

「沒找到。」

他聽見妹妹嘆了口氣，那是壓抑已久的嘆息。

「你還要繼續留在那裡嗎？」

「再待會兒吧……還有尋人啓事沒發完。」

「我現在過去，一起吃晚飯吧。」

「我不想吃。」

「那就喝杯酒吧。」

「喝酒？」

妹妹沉默片刻，開口說道，「我接到一通電話，是驛村洞西部市場藥店的藥師，他看見兒子帶回來的尋人啓事。他說大概兩天前在驛村洞看到了很像媽媽的人……不過他說那人穿著藍拖鞋，也許是路走太多，腳趾甲發炎了，他幫她敷了藥……」

藍拖鞋？他把手機從耳邊移開。

「哥哥！」

他又把手機放回到耳邊。

「我正想去那裡，哥哥要不要一塊兒去？」

「他說是在驛村洞嗎？西部市場？是不是我們以前住處附近的西部市場？」

「嗯。」

「我知道了。」

他不想回家。他去找妹妹，也沒什麼特別的事情，只是不想回家，於是打電話給妹妹。驛村洞？他朝計程車揮了揮手。眞是不可思議，這段時間有不少人打電話說見過媽媽，而且好幾個人都說看見媽媽穿著藍拖鞋。他們提供的線索都有個奇妙的共同點，那就是都提到了他曾經住過的地方，說在那裡見過他的媽媽。開峰洞、大林洞、玉水洞、樂山公寓下面的東崇洞、水逾洞、新吉洞、貞陵洞，過去找的時候，他們說自己是在三天前或一週之前看見他媽媽。還有人說是在一個月前，也就是媽媽剛剛走失的時候。每次他都會到那些地方去找，有時是自己，有時和弟弟妹妹，有時還有父親。他們說看到了，可是他卻沒有看到穿著藍色拖鞋、酷似媽媽的人。聽了他們提供的線索，他懷著試試看的心態在附近的電線杆上、公園大樹上、公用電話亭裡貼上尋人啓事。每次走到曾經住過的地方，他都會停下腳步，仔細看看曾經的家。儘管，現在那裡已經住了別人。不管他住在哪裡，媽媽從來沒有獨自去過他在這個城市裡的家。總會有家人到火車站或公車站迎接媽媽。每次媽媽來到這個城市，都要有人帶，才能去別的地方，否則她就哪兒也不去。要去二弟家，二弟去接。要去妹妹家，妹妹去接。雖然誰也沒開口，但是他的家人都覺得媽媽在這個城市裡寸步難行。因此，媽媽身邊總是有人跟著。發出尋找媽媽的廣告、到處散發尋人啓事、透過網路刊登尋人啓事之後，他才發現自己在這個城市裡已經搬過十二次家了。他挺起腰桿，頭向後靠著。驛村洞的房子是他在這個城市裡第一棟屬於自己的房子。

「再過幾天就是中秋了……」

前往驛村洞的計程車裡，妹妹搓揉著指甲。他也在想這件事，哼了一聲，皺起眉頭。中秋節要放幾天假。每年中秋節，都會出現類似「今年國外旅遊的人數增多」的新聞。幾年前，大家還會批評那些選擇旅行而不慎終追遠的人。現在，只要簡單祭拜祖先，就可以理直氣壯地去機場了。曾經有人聚集在公寓裡祭拜，還遭到質疑聲浪：祖先怎麼找得到公寓呢？如今，人們索性搭上飛機，一走了之。早上妻子看報紙的時候，好像發現什麼大新聞似的對他說：「中秋節出國玩的人數將會超過百萬。」

「看來我們國家的人很有錢，」他回答說。

妻子自言自語：「不出去的人都是笨蛋。」

父親靜靜地看著他們。

「別人家的孩子中秋節都去海外旅遊，我們也應該帶著孩子出去一趟吧。」

他聽不下去了，狠狠地盯著妻子。

「怎麼了？孩子們對這種事很敏感……」

父親從餐桌旁站起來，走進了房間。

「你瘋了嗎？現在還有心情說這種話？」他責怪妻子。

「這是孩子們說的，我說錯什麼了嗎？怎麼了？我轉達孩子們的心情也不行嗎？最近悶死了。你想讓我什麼也不說嗎？」這回是妻子先站了起來。

「是不是還要拜祖先啊？」

「你什麼時候操心過拜拜的事了？每年過節連個人影都沒有，中秋節算什麼！」

「我錯了。我不該這樣。」

他看見妹妹停止了搓揉指甲的動作，雙手插進了上衣口袋。每當妹妹在他面前感到緊張的時候，就會習慣性地做這個動作。嘖，都長這麼大了，怎麼還沒改掉這個毛病？

他們住在一起的時候，他和妹妹、弟弟三個人住在小小的單人房，妹妹靠著牆壁睡，他躺在中間，弟弟則是睡在另一側。睡著睡著，感覺有人打自己的臉，他嚇了一跳，連忙睜開眼睛，卻發現弟弟的手打在他的臉上。他輕輕放下弟弟的手，想要接著睡，這回妹妹的手又打在他的胸口。鄉下房子寬敞，他們都養成了睡覺打滾的習慣。有一次，他的眼睛挨了妹妹的打，疼得他大叫。聽見他的叫聲，睡夢中的弟弟和妹妹驚醒了。

「喂！你！」

一陣子後，妹妹才明白是怎麼回事。她不知如何是好，趕緊把手伸進了口袋。

「你要是再這樣，就給我回家！」

當時也許不該說這句話。他轉過頭，看了看妹妹。因爲他說完這句話後的隔天，妹妹眞的回家了，帶著全部行李回家了。但媽媽又把妹妹送了回來，還要妹妹跪在他面前，向他認錯。妹妹緊緊地咬著嘴唇。

「還不快認錯！」

媽媽又說了一遍，妹妹還是文風不動。妹妹看起來很乖，但脾氣一來，誰也勸不了。他讀初中的時候，逼妹妹幫自己洗運動鞋。平時妹妹總是默默地幫他把運動鞋洗得乾乾淨淨。但有天妹妹很生氣，拎著他的新運動鞋來到小河邊，扔進了水裡。他沿著水流追到盡頭。時至今天，這些事已經變成只有兄弟姊妹之間才能懂的共有回憶。當時，他好不容易找回一隻鞋，而且還被水垢和水草染成了綠色。他怒不可遏，向媽媽告狀。媽媽責罵妹妹，從哪兒學來的壞脾氣，還舉起了棍子。然而妹妹硬是不認錯，還對媽媽發火。「我說了，我不想！我說過我不想了！我就是不想做我不喜歡的事！」

「我要你道歉。在這裡，你哥哥就是家長。哥哥說你兩句，你就背起行李回家，這個毛病要是不馬上改掉，它會拖累你一輩子。以後你嫁了人，萬一有什麼不如意，也要背著行李回家嗎？」

媽媽越是要妹妹向他認錯，妹妹的雙手在口袋裡插得越深。媽媽很傷心，一邊嘆氣，一邊流著淚說：「現在這孩子不聽我的話了。做父母的無能，也沒有讀書，連孩子都不把我放在眼裡了……」媽媽先是哀哀地感嘆，進而流下大滴大滴的淚珠。這時，妹妹終於開口了，「不是這樣的，媽媽！」爲了不讓媽媽哭，妹妹不得不說：「是我的錯，都是我的錯！」妹妹終於從口袋裡拿出手來，向他認了錯。從那之後，妹妹每天都把手插在口袋裡睡覺。而且只要他稍微大聲點說話，妹妹就下意識地把手伸進口袋。

媽媽失蹤之後，只要有人說什麼，妹妹就會沮喪地說：「是我不好，我不該這樣。」

「家裡的玻璃誰擦？」

「你說什麼？」

「這時候要是打電話回家，媽媽一定在擦玻璃。」

「玻璃？」

「我問媽媽，何必這麼辛苦。媽媽說，中秋節全家人都回來，玻璃怎麼能髒兮兮。」

他眼前立刻浮現出家裡一扇又一扇的玻璃窗。幾年前，新蓋的房子拿掉了舊式的窗扇，現在包括客廳在內的所有房間都裝了玻璃窗。

「我要媽媽找人擦玻璃。媽媽就說，誰願意到我們這個小村莊來擦玻璃……」

妹妹嘆了口氣，把手伸向計程車的車窗，使勁擦了起來。

「每到這時，媽媽都要擦玻璃嗎？」

「我們小時候，媽媽擦的不是玻璃，而是拆下家裡所有的門窗……還記得嗎？」

「記得。」

「眞的？」

「當然！」

「騙人！」

「我哪有騙人？媽媽還貼上楓葉，然後被大姑罵了。」

「你還眞的記得。記得我們去大姑家撿楓葉的事嗎？」

「記得。」

蓋新房子之前，每到中秋節，媽媽就會挑選陽光明媚的日子，拆下家裡所有的門窗。媽媽把門窗用水沖洗乾淨，放在陽光下晾乾，然後熬好糨糊，黏上新的窗紙。家裡門窗很多，每次只要看到門窗都靠在圍牆邊上曬，就知道是中秋節了。

咳，咳，他清了清嗓子。

家裡好幾個男人，爲什麼媽媽貼窗紙的時候卻沒有人幫忙？妹妹也把手指伸進糨糊桶裡，胡搞瞎搞。媽媽獨自拿起刷子，像畫蘭花似的在窗紙上抹糨糊，然後乾淨俐落地貼上門窗。媽媽的動作看起來輕快俐落。現在，他的年齡已經遠遠超過當時的媽媽了，然而在他看來，很多事情依然是想都不敢想，媽媽卻做得得心應手。媽媽獨自貼窗紙的時候，還會不時浪漫一下。媽媽拿著刷子，偶爾會讓玩糨糊的妹妹，或者跑來問需不需要幫忙的他去摘幾片楓葉回來。家裡柿子樹、李子樹、香椿、大棗樹應有盡有，媽媽卻唯獨想要家裡沒有的楓葉。爲了摘楓葉，他走出大門，穿過小路，越過小河，經過新修的馬路去大姑家。聽說他要摘楓葉，大姑問他，「摘楓葉幹什麼？是你媽媽要你來摘的嗎？哎喲，你媽媽又是哪門子的浪漫呀？冬天打開黏著楓葉的門，不是更冷嗎？算了，每年叫她別黏，她就是要黏！」

他雙手捧著楓葉遞給媽媽，媽媽挑選兩片平整漂亮的楓葉對稱地貼在兩側，然後貼上窗紙。因爲想到開門時會碰碎楓葉，於是她又在上面多貼了一層窗紙。他的房間門上，媽媽像貼花似的貼了五張窗紙，比其他房間的門足足多出三張，然後再精心地用手背壓緊，問他，「這樣好嗎？」不管大姑怎麼說，他就是覺得這樣很漂亮。他說：「很美。」媽媽的臉上立刻綻放了笑容。夏天經常開門關門，窗紙已經破了，有的地方漏了洞。媽媽不願意這個樣子過節，所以每年中秋節之前都要重新貼窗紙。這是媽媽迎接秋天的方式，或許也是爲了不讓家人在夏末秋初的涼風中感冒。對當時的媽媽來說，這已是能夠發揮的最大浪漫。

他不由自主地像妹妹那樣把手插進了西裝褲的口袋。秋去冬來，下雪了，新春又來了，新的楓葉也長出來了，媽媽貼在門把手旁邊的楓葉仍然靜靜地陪伴著他們一家。

媽媽的失蹤，使他想起了很多遺忘已久、記憶深處的事情。包括那些門窗。

驛村洞不再是從前的驛村洞了。他在這個城市裡擁有第一棟屬於自己的房子的時候，這裡還有很多巷弄和平房。現在，高樓大廈櫛比鱗次，到處都是服裝店。他和妹妹找不到當時位於驛村洞中心的西部市場，繞著公寓前前後後轉了兩圈，最後只得向路過的女學生打聽西部市場的位置。女學生告訴他們完全相反的方向。原來他每天都要路過的公用電話亭不見了，取而代之的是大型超市。那時候他的女兒剛剛出生，妻子說等女兒長大了要給她織毛衣，就在附近的毛線商店裡學針織。現在，那家賣毛線的商店也不見了蹤影。

「應該是那裡，哥哥！」

他記得西部市場在大馬路上，如今卻淹沒在新修的道路間，連招牌都看不清楚了。

「這是西部市場的前門。」

妹妹先跑到市場門口看了看，然後跑回他身邊，打量著那些店家。

「在那裡！」

他轉頭看了看妹妹指著的方向，看見了夾在麵店和網咖之間的藥店。五十多歲的藥師戴著眼鏡，看了看走進藥店的他和妹妹。妹妹問：「您看到兒子拿回來的尋人啓事，然後打電話通知我們，是您嗎？」藥師摘掉了眼鏡。

「你母親怎麼會不見呢？」

這是媽媽失蹤後，他們最不願意聽到的話。他們不想解釋媽媽怎麼失蹤，只想趕快找到媽媽。然而，大家每次都要問他們怎麼會弄丟媽媽。這個問題裡夾雜著好奇和斥責。剛開始他們認眞解釋：**在首爾的地鐵站**……現在他們只是回答：就是不見了，然後就閉口不語，神情沉痛。只有這樣，才能徹底擺脫怎麼弄丟媽媽的問題。

「是老年癡呆嗎？」

妹妹沒有回答。他說不是。

「你們找媽媽的態度怎麼這樣？我早就打電話給你們了，結果你們現在才來？」

聽藥師的語氣，彷彿他們早點趕來的話，就能見到媽媽了。彷彿因爲他們來晚了，媽媽又去了別的地方。

「請問您是什麼時候看見的？跟我媽媽很像嗎？」

妹妹遞過尋人啓事，指著媽媽的照片問道。藥師說是六天前看見的。住在藥店樓上三層的藥師早上下樓，準備打開藥店的門，卻發現一位老太太躺在隔壁麵店的垃圾桶旁，穿著藍色的拖鞋。也許是走太多路，腳背破了，露出骨頭，傷口已經化了膿，甚至無法包紮。

「我是藥師，看到她的傷口，一定要幫忙。因為要先幫她消毒，於是我打開藥店的門，拿出消毒藥水和棉花。這時老婦人醒了。看見我這個陌生人去碰她的腳，她動也不動，看上去有氣無力。傷得那麼嚴重，消毒的時候應該痛得大叫才對，可是她一點反應也沒有。我覺得很奇怪。發炎時間太長了，不停冒出膿水，氣味也很難聞。消毒了好幾次，我才塗藥，我覺得OK繃應該不夠用，就用繃帶包上了。我覺得老太太需要有人保護，於是走進藥店想要報警，轉念一想，應該先問問她認不認識什麼人，於是又走了出去，卻看見老太太在吃別人扔進垃圾桶的紫菜壽司，可能是肚子餓了。我說我給你飯，別吃這個了，老太太不肯，於是我搶過來丟掉。要她丟，她不丟，我搶過來，她也沒有反抗。我要她先進藥店休息，她好像沒聽懂，還是一動也不動。是不是重聽？」

妹妹沒說話，他又說不是。

「我問她，你住哪兒？有沒有認識誰？告訴我你知道的電話號碼，我可以幫你打電話。我說了那麼多，老婦人只是不停地眨眼睛……我覺得這樣下去不行，於是回到藥店打電話報警。等我再出來的時候，老婦人已經不見了。眞奇怪，我打電話的時間又不長，怎麼就這樣消失了呢？」

「我媽媽不是穿藍拖鞋，她穿的是乳白色涼鞋。您確定老太太穿的是藍拖鞋嗎？」

「是的。她穿的是天藍色襯衫，外面套的衣服太髒了，分不清楚是白色還是黃色。裙子也很髒，看不出是白色還是乳白色，不過能看出裙子上面帶著皺褶。小腿已經被蚊子叮得傷痕累累，紅腫到不行。」

除了藍拖鞋，別的都跟媽媽失蹤時穿的衣服吻合。

「照片上的媽媽穿的是韓服，髮型也不一樣……這不是媽媽失蹤之前的照片，而是在精心打扮之後拍的。看到那位老婦人，怎麼會想到是我的媽媽呢？」

也許是因爲藥師描述的老太太過於狼狽，妹妹希望那不是自己的媽媽。

「就是這個人，眼睛一模一樣。我小時候放過牛，經常看到這樣的眼睛。不管打扮成什麼樣子，眼睛就是改變不了，怎會認不出來呢？」

妹妹坐在藥店的椅子上。

「後來警察來了嗎？」

「後來我打了通電話，說老婦人已經走了，不用來了。」

看到他垂下的肩膀和緩慢的腳步，妹妹從公園的木椅上站了起來。夜深了，公園遊樂場裡一個孩子也沒有，只有幾位出來散步的老人坐在椅子上。走出藥店，他和妹妹就分開了，約好兩個小時後在新建公寓的遊樂場裡會合。他到從前的住處附近去找。他住過的房子已經不見了，變成了嶄新的公寓。妹妹則到還留有舊時模樣的西部市場去找。聽說那個可能是媽媽的老太太，從麵店旁的垃圾桶裡撿紫菜壽司，他開始仔細觀察每棟建築物的垃圾桶周圍，甚至連公寓的回收箱也不放過。一邊看，他一邊猜想自己以前住過的房子大概在什麼位置。附近最長的巷子，倒數第二家。巷子太長，晚上回家的時候，總要回頭看兩、三次，確認自家大門，才能到達。

媽媽來這裡，會不會是爲了找那棟房子？

第一次來這棟房子的那天，媽媽從鄉下帶來了蒸鍋大小的銅壺，趕到了首爾站。銅壺裡裝滿了紅豆粥。那時候他還沒有汽車，接過媽媽手裡裝滿紅豆粥的銅壺，很不耐煩地說：「媽媽爲什麼要拿這麼重的東西？」媽媽只是笑而不答。走進巷子，媽媽就問：「是這家嗎？」過去之後，媽媽就指著下一棟房子問：「是這家嗎？」他在自家門前停下腳步說：「是這家。」媽媽的臉上露出了笑容。媽媽輕輕推開大門，彷彿是出來旅行的少女。「哇，還有院子，還有柿子樹，這是什麼？哦，這不是葡萄樹嗎？」剛剛進門，媽媽就從茶壺裡盛了一碗紅豆粥，灑在家裡的角角落落。她說這樣能避邪。這也是他和妻子在這個城市擁有的第一個房子。總共有三個房間，他打開一間，興奮地對媽媽說：「這是媽媽的房間，每次來首爾，就可以舒舒服服地住在這裡。」媽媽往房間裡看了看，臉上帶著歉疚的表情說：「還有我的房間啊？」

午夜已過，聽到院子裡有動靜，他從房間裡往窗外張望。媽媽正在院子裡走來走去。媽媽摸了摸大門，摸了摸葡萄樹，坐在通往門廊的台階上望著夜空，然後走到柿子樹下站住了。他擔心媽媽會在院子裡徘徊整夜，於是打開窗戶，對媽媽說：「進屋睡吧。」媽媽說：「你怎麼還不睡！」說完，好像是第一次呼喚他的名字似的說：「亨哲呀，你出來一下。」他走進院子，媽媽從口袋裡拿出一個信封，放到他手裡。

「現在只要安上門牌就行了，一定要用這個錢安裝門牌。」

他接過裝有買門牌錢的信封，望著媽媽。媽媽搓著空空的雙手。

「媽媽對不起你。你買房子，我也幫不上什麼忙。」

那天凌晨，他去完廁所後，輕輕推開媽媽的房門。媽媽和妹妹躺在一起，睡得正酣。

媽媽在首爾的第一夜，是和二十歲的他在事務所的值班室裡度過的。從那之後，媽媽來首爾還是沒有舒適的落腳地。媽媽搭公車來首爾參加親戚的婚禮，他和弟弟妹妹去找媽媽。那時候，媽媽的行李也是一個包袱。婚禮還沒結束，媽媽就催著他或弟弟妹妹去他們當時租的房間。媽媽趕緊脫下參加婚禮時穿的衣服。用報紙、塑膠袋或南瓜葉子包著的各種東西紛紛掉出媽媽的包袱。不到一分鐘，媽媽就換上了捲在包袱角落裡的寬鬆襯衫和碎花褲子。媽媽拿碗盛好用報紙、塑膠袋和南瓜葉包著的小菜，然後甩了甩手，俐落地拿掉被套，洗了起來。媽媽用鹽醃漬過白菜，除掉水分，醃成泡菜；媽媽拿起鐵刷，擦拭被炭火或火爐燻黑的飯鍋，直到油光晶亮。等晾在樓頂的被套乾了，媽媽又俐落地套好。媽媽洗米，做大醬湯，準備晚飯。碟子裡裝滿了媽媽從家裡帶來的醬牛肉、炒銀魚、蘇子葉，擺滿一桌。他和弟弟妹妹舀一口飯，媽媽就往他們的湯匙裡夾一塊醬牛肉。他們要媽媽也吃，媽媽總說：「我吃飽了……」他們吃飽了，媽媽收拾好飯桌，用水龍頭下面的桶子接滿涼水，買個西瓜放在裡面，然後迅速換上只有參加婚禮才穿的衣服，對他們說：「送我去車站。」這時候天色已經黑了。他們勸媽媽在這裡過夜。媽媽說：「我得回去，我還有事。」媽媽所謂的有事就是田裡的事，儘管在這裡過夜也不會耽誤多少，然而媽媽還是堅持要坐夜車回家。也許是因爲只有一個房間，三個已經長大成人的孩子只能蜷縮著睡覺，生怕碰到彼此，無法安心入眠。而媽媽只是說：「我得回去，我還有事。」

媽媽兩手空空，在首爾站等待回鄉下老家的夜班火車。媽媽疲憊的樣子總是激勵他產生新的鬥志。**我要快點賺錢，搬進有兩個房間的房子。我要租一棟房子。我要在這個城市裡有棟自己的房子，只有這樣，才有房間讓媽媽安安心心地在這個城市裡過夜。**每當媽媽搭夜車回家時，他也會買張月台票，陪著媽媽進站等車，幫媽媽找到座位，然後再把裝有香蕉牛奶或橘子的塑膠袋遞到媽媽手裡。

「別睡著了，一定要在J站下車。」

媽媽的神情不捨卻堅定，督促他說：

「在這裡，你是弟弟妹妹的家長。」

當時只有二十多歲的他搓著手，靜靜地站著。媽媽從座位上站起來，撫平他的手掌，伸展開他的肩膀。

「做哥哥的應該抬頭挺胸，給弟弟妹妹做榜樣才行。哥哥走錯了路，弟弟妹妹也會跟著走錯。」

火車快要出發了，媽媽的眼裡含著熱淚，對著他微笑說：「媽媽對不起你啊，亨哲。」

他的媽媽在J站下車的時候，應該是凌晨時分。開往村子裡的公車最早一班也在早上六點之後。他的媽媽下了火車，只能沿著凌晨的小路一步一步走著回家。

「要是多帶些尋人啓事就好了，至少可以多貼幾張。」

「明天我來貼。」

明天他要陪同社長一行去看洪川的樣品屋，這件事他不能推辭。

「就讓小貞媽媽去吧？」

「讓嫂子休息吧，父親還在家呢。」

「那就叫小弟。」

「那個人會幫我的。」

「那個人？」

「如果找到媽媽，我就跟那個人結婚。媽媽一直都希望我結婚。」

「這麼容易就決定，怎麼不早點結？」

「媽媽失蹤之後，所有的事情都有了答案。哥哥，媽媽想要的，我都可以做到，並不是什麼難事。眞不知道我爲什麼要讓媽媽爲這些事情操心。以後我也不坐飛機了。」

他的情緒低沉下來，拍了拍妹妹的肩膀。媽媽不喜歡妹妹搭飛機去別的國家。「萬一出事，要死兩百多人，你不怕嗎？如果是因爲戰爭，那誰都沒有辦法躲避，可是你怎能這樣不愛惜自己的生命呢？」媽媽強烈反對妹妹搭飛機，從那之後，妹妹每次坐飛機都瞞著媽媽。不管是旅行，還是工作，只要是坐飛機，妹妹從不告訴媽媽。

「那個院子裡的玫瑰花眞漂亮……」

他在黑暗中凝視著妹妹。他也想起那個家裡的玫瑰花。買房子之後的第一個春天，媽媽來到首爾，非要跟他去買玫瑰花。「玫瑰花？」從媽媽口中聽到「玫瑰」這樣的字眼，他簡直不敢相信自己的耳朵，疑惑地問了聲，「玫瑰花？」

「就是紅色的玫瑰花呀，怎麼了？買不到嗎？」

「買得到。」

他帶媽媽去了買花卉的花園，花花草草琳琅滿目。媽媽說：「我最喜歡這種花了。」媽媽買了很多玫瑰花，遠遠超出他的想像。回到家裡，媽媽在圍牆邊上挖個洞，彎腰種了下去。從前媽媽不是種黃豆，就是種馬鈴薯和芝麻，或者白菜、蘿蔔、辣椒。播種也好，還是栽秧也好，總歸都是可以吃的東西。他第一次看到媽媽出於觀賞而種花。媽媽種花的樣子在他看來是那麼陌生。他問媽媽，是不是離圍牆太近了。媽媽則說，也讓圍牆外面的路人可以欣賞。搬離那棟房子之前，每年春天家裡都有玫瑰盛開。正如媽媽當初種植玫瑰花時期待的那樣，花開時節，門前經過的路人都會在圍牆下駐足，聞聞花香。雨過天晴，圍牆下面堆滿了凋零的紅色玫瑰花瓣。

他們沒吃晚飯，而在驛村洞大型超市的酒吧裡喝了兩杯酒。妹妹從包裡拿出筆記本，翻開來，遞到他面前。或許是空腹喝了兩杯生啤酒的緣故，妹妹臉紅了。藉著微弱的燈光，他看見了妹妹遞來的筆記本上寫著的幾句話：

我想唸書給眼睛看不見的人。

我要學漢語。

如果我有很多錢，我想擁有一家小劇場。

我想去南極。

我想去聖雅各之路徒步旅行。

下面三十多行都是以「我」開頭的句子。

「這是什麼？」

「去年十二月三十一日，迎接新年的時候，我沒寫小說，我寫出了自己想做的事情，今後十年必須要做的事和我想做的事。然而我的全部計畫之中竟然沒有陪媽媽。寫下這些句子的時候沒有意識到，但是媽媽不見了以後，我回頭再看，才發現是這樣。」

妹妹的眼裡淚光閃閃。

他喝醉了酒，走出電梯。他按了門鈴，卻沒有人開門。他跌跌撞撞地從口袋裡拿出鑰匙，打開了門。和妹妹分開以後，他自己又去了兩家酒吧。那個也許是他的媽媽的女人，那個穿著藍拖鞋，因爲走太多路而被拖鞋磨壞腳背，露出骨頭的女人，每當這個女人在他眼前晃動的時候，他就舉杯痛飲。客廳裡關了燈，寂靜在房間裡蔓延。媽媽帶來的聖母像凝視著他。他踉踉蹌蹌，想回臥室，經過女兒房間的時候，他輕輕地推門看了看。現在，父親睡在這個房間。他看到父親挺直後背，睡在女兒床下的褥墊上面。他走進房間，拉起被子，給父親蓋好，然後輕輕關門出來。他走進廚房，拿起放在餐桌上的水瓶，往杯子裡倒了水，喝下去。然後，他開始打量自己的家。什麼都沒有改變。冰箱發出的聲音一如從前，水槽裡堆滿未洗的餐具也一如從前。他低下頭，走進臥室，呆呆地望著睡夢中的妻子。項鍊在妻子的脖子上閃閃發光。他猛地掀起了蓋在妻子身上的棉被。妻子揉著眼睛，坐了起來，問他何時回來的。而他的粗魯帶著無言的責備，彷彿在問：你還睡得著？

妻子幽幽地嘆了口氣。自從媽媽失蹤之後，他莫名其妙地對著妻子發脾氣的次數越來越多。每次回家，他就忍不住生氣。二弟打電話來詢問情況，還沒等說上幾句，他就勃然大怒：「你沒有什麼要告訴我的嗎？你這小子究竟在幹什麼？」父親說自己留在首爾也幫不上什麼忙，想回鄉下。他忍不住大聲說：「您這時回鄉下幹什麼？」妻子準備好的早餐，他看也不看，直接就去上班了。

「你喝酒了？」

妻子奪過他手裡的棉被，伸展開來。

「你還睡得著嗎？」

妻子整了整衣角。

「那你要我怎樣？」

妻子忍無可忍，大聲吼道。

「都是因爲你！」

他也知道自己是無理取鬧。

「我又怎樣了？」

「你要是去接，不就什麼事都沒有了！」

「我不是說了嗎？我要給小眞送醃好的小菜。」

「爲什麼偏偏選在那天去送！父母從鄉下來首爾，再說又是父母的生日，你爲什麼偏偏選在那天給小眞送小菜！」

「父親說他自己也能找到！首爾難道只有我們嗎？那天父親說要去二弟家。這個先不說，小姑不是也在首爾嗎……還有二弟啊。父母來首爾，難道非要住在我們家？非要我去接？我兩個星期沒去看小眞了。明明知道她已經沒有吃的了，我怎麼能不去看看？又是去看小眞，又是做這做那，我也筋疲力盡了。再說，小眞也在準備考試……你知道這次考試對小眞來說有多麼重要嗎？」

「都那麼大的孩子了，你打算給她送到什麼時候？奶奶不見了，她有回家關心嗎？」

「小眞回來幹什麼？我叫她不要回來。我們也都盡力找過了，連警察都找不到，我們還能怎麼樣？首爾這麼多人，難道我們要挨家挨戶按門鈴，問我們的媽媽在不在這裡？大人都束手無策，小眞是能幫上什麼？上學的孩子應該好好上學。母親不在了，難道我們每個人都要拋開自己的事情不管嗎？」

「不是不在，是不見了！」

「那你要我怎麼樣！你不也在上班嗎？」

「什麼？」

他怒不可遏，拿起房間裡的高爾夫球桿，想要扔出去。

「亨哲！」

剛才還在女兒房間睡覺的父親站在門口。他放下了手裡的高爾夫球桿。父親默默地看了看他和妻子，轉過身去。父親是爲了讓孩子們輕鬆，才來首爾過生日。如果一切按計畫進行，他們將在妻子預訂的韓式餐廳裡爲父親慶生。媽媽肯定會說，**連我的生日也過了吧**。可是媽媽不見了，父親的生日也就這樣過去了。父親生日幾天之後的拜拜，也只好麻煩嬸嬸和大姑。

他跟著父親回房。父親推開房門，回頭看了看他。

「都是我不好。」

「……」

「不要吵了，我不是不理解你的心情，可是又有什麼辦法？跟我在一起，你媽媽沒過上什麼好日子。不過她是個好人，肯定會平安無事。既然平安無事，早晚就會有消息。」

「……」

「我要回家了。」

父親靜靜地站著，看了看他，走進了房間。他望著緊閉的房門，咬了咬嘴唇。驀地，熱流湧上胸膛，他用雙手撫摸著胸口，習慣性地揉了揉臉，放下了手。他感覺到了媽媽溫暖而樸素的手。媽媽不喜歡看他搓手，或者垮著肩膀。如果他在媽媽面前這樣，媽媽馬上就會撫平他的手掌，幫他展開肩膀。每當他低頭的時候，媽媽就用手掌拍打他的後背，告訴他，男子漢應該抬頭挺胸。他最後沒當上檢察官。雖然媽媽總把這件事說成「你想做的事」，其實這也是媽媽的夢想，只是他以前不知道。他只知道自己年輕時代的夢想沒有實現，沒想到自己也辜負了媽媽的夢。媽媽這輩子總覺得是自己讓他沒辦法完成夢想，直到現在他才恍然大悟。*應該說對不起的人是我，我沒能兌現對媽媽的承諾。如果找到媽媽，一定要專心照顧她*。這種欲望充盈著他的胸膛。他感覺自己的胸膛就要爆炸了。然而他也知道，他已經喪失了這種能力。

他在客廳的地板上跪了下來。

第三章

我，回來了

一個年輕女人站在緊鎖的藍色大門前，向裡面張望。

「請問你是……？」

你在她身後咳了一聲，年輕女人轉過頭。綁著馬尾的女人，眼裡露出喜悅。

「你好！」

你看了看她。年輕女人的臉上露出微笑。

「這裡是朴小女阿姨的家嗎？」

房子空了很久，門牌上只有你的名字。朴小女，大家都稱呼你的妻子爲奶奶，已經很久沒有人稱呼她阿姨了。

「什麼事？」

「阿姨不在家嗎？」

「……」

「眞的失蹤了嗎？」

你呆呆地望著年輕女人的眼睛。

「你是誰？」

「哦，我是南山洞希望院的洪泰熙。」

洪泰熙？希望院？

「這是家孤兒院，阿姨很久沒來，我很擔心，後來看到了這個。」

年輕女人遞過兒子在報紙上刊登的廣告。

「我不知道發生了什麼事，來過好幾次，門總是鎖著。今天我還以為又要撲空了……我想知道究竟是怎麼回事，我們還要唸書給阿姨聽呢……」

你掀開放在大門前的石頭，拿出鑰匙，打開了門。家裡空了很久，你一邊用手推門，一邊打量著裡面的情況。院子裡很安靜。

你請那個自稱洪泰熙的年輕女人進了家門。答應唸書給她聽？唸給妻子聽嗎？你從來沒聽妻子提過希望院，也沒說起過這個名叫洪泰熙的女人。洪泰熙走進院子，向裡面喊了聲：「阿姨？」她似乎不願相信妻子眞的失蹤了。沒有人回答，洪泰熙的臉色也變得凝重。

「離家出走了嗎？」

「不是，是走丟了。」

「什麼？」

「在首爾走丟了。」

「阿姨嗎？」

洪泰熙瞪大了眼，說他的妻子早在十幾年前就到希望院給孩子們洗澡、洗衣服，在希望院的院子裡幫忙。

妻子？她？

洪泰熙說他的妻子是一位值得尊敬的人，每個月都給希望院捐贈四十五萬圜。連續幾年了，從來沒有遺漏過。

四十五萬圜？

首爾的子女們每個月寄給妻子的錢是六十萬圜。孩子們大概覺得兩個人在農村生活，這些錢就足夠了。錢的確不少。起先，妻子說和你一起花這些錢，但是不知從什麼時候開始，她就說這些錢要自己花。你有點驚訝，妻子怎麼突然對金錢產生欲望？妻子不讓你問這些錢的用處，還說自己養大孩子，絕對有資格花這些錢。妻子似乎也是考慮了很久才說出這番話，否則她不可能用這樣的語氣。這不是你了解的妻子慣有的說話語氣，感覺像是在電視裡聽到的台詞。你甚至覺得，妻子肯定對著空氣排練了好幾天。

有一次，妻子要求把水田分到自己名下。你問爲什麼，她說人生無常。妻子還說孩子都有自己的人生路，而她已經成了無用之人。那是五月父母節的隔天，幾個孩子都沒打電話。妻子到文具店裡買了兩朵康乃馨，上面的飄帶寫著「謝謝養育之恩」的字樣。

「我怕被別人看到！」

妻子剛好在新開的馬路上遇見了你，她催你趕快回家。回家後，鎖上門，在你衣服別了朵康乃馨。

「我有好幾個孩子，可是今天卻連朵花都沒有，別人會怎麼說？我就自己買了。」

妻子在自己的衣服上也別了買來的花。鮮花總是下垂，妻子試了兩次才戴好。你剛走出大門就把花摘掉了，妻子卻戴了整整一天。隔天，妻子病倒了，翻來覆去，好幾天睡不著覺，突然坐起身來，要你在朴小女的名下分出一些水田。你說，你的水田也是她的，如果她要求分出一些地到自己名下，反而表示她只有那些地了，這樣會吃虧。聽你這麼一說，妻子悶悶不樂地說：「也是有道理。」但是，當妻子提出孩子們寄來的錢都由她自己花的時候，態度相當堅決。面對妻子的氣勢，你知道自己只能順她的意，否則非要爆發家庭大戰。你的條件是妻子可以自由支配孩子們寄來的錢，但是從今往後就不能再花你的錢了。妻子爽快地同意了。妻子不買衣服，也不做別的事情，但是你偷看過她的存摺，每個月都要支出四十五萬。偶爾孩子們寄錢晚了，妻子就打電話給負責收錢的女兒，請她快點寄過來。這個舉動也不像妻子。你說好不問她的錢用在何處，所以就沒有多問。既然她每個月都在同一天取出四十五萬圜，你就猜想，妻子或許是感覺人生無常，偷偷存起來了。你相信一定是這樣，而且還找過她的儲蓄存摺，儘管沒有找到。聽洪泰熙這麼說，你才知道，原來妻子每個月都從六十萬中拿出四十五萬，捐贈給南山洞的希望院。你感覺像是挨了妻子的當頭一棒。

洪泰熙說，孩子們喜歡阿姨勝過她。有個名叫小均的孩子，阿姨對他猶如親生母親。阿姨突然不來孤兒院，小均非常難過。這個孩子出生不到六個月就被拋棄了，連名字都沒有，還是阿姨給他取名叫「小均」。

「你是說叫小均？」

「是的，叫小均。」

洪泰熙說：「小均明年就上初中了。阿姨答應他，等他上了初中，就給他買書包和制服。」小均。你的心涼了半截。你靜靜聽著洪泰熙說話。妻子去南山洞孤兒院做事已經十年了，你卻什麼都不知道。你甚至懷疑，你不見的妻子眞的是洪泰熙所說的朴小女阿姨嗎？她什麼時候去過希望院？她爲什麼從來不說？你默默地看著兒子登在報紙上的尋人啓事的照片，走進了房間。你取出抽屜深處的相本，翻開一頁，拿出一張妻子的特寫。妻子和女兒並肩站在海邊的防洪堤前，抓住被風吹起的衣角。你把照片遞到洪泰熙面前。

「是這個人嗎？」

「哎呀！是阿姨！」

看到妻子清晰的照片，洪泰熙彷彿看到了你的妻子本人，親切地叫了聲阿姨。也許是因爲陽光耀眼，照片上的妻子皺著眉頭，似乎在看你。

「你說答應唸書給她聽？什麼意思？」

「阿姨在希望院裡幫了很多忙。她最喜歡給孩子們洗澡。阿姨非常勤勞，每次她來，希望院就變得熠熠生輝。我不知道該怎樣感謝才好，問她需不需要我們爲她做什麼，阿姨總是說不用。有一天，阿姨拿來這本書，請我每次給她讀一個小時。她說這是她喜歡的書，但是眼睛不好，不能讀了。」

「……」

「就是這本書。」

你凝視著洪泰熙從包包裡拿出來的書。這是女兒寫的書。

「阿姨說這位作家是我們本地人，初中之前都是在這裡讀書，所以她很喜歡這位作家。」

「……」

「以前我也是唸這位作家的書給她聽。」

你拿起了女兒寫的書，《愛無止境》。原來妻子想讀女兒寫的書啊。她從來沒跟你提過。你也從來沒想過唸女兒的書給妻子聽。家人也知道妻子不識字嗎？你最初知道妻子不識字的時候，妻子好像受了很大的侮辱。你年輕的時候在外面鬼混，有時衝著妻子大吼大叫，有時大聲對妻子說，你不懂！而妻子歸咎於自己不識字，認為是你看不起她。事實並不是這樣，然而你越否認，妻子越覺得是這樣。現在你才發現，也許真像妻子說的那樣，你下意識裡是輕視她的。你從來沒想過會有人給妻子讀女兒的小說。為了不讓這個年輕女人察覺出自己不識字的事實，妻子不知道花了多少心思。她多麼想讀女兒的小說啊，否則不會隱瞞小說作者是女兒的真相，而是推說自己眼睛不好，所以請年輕女人讀給她聽。你的眼睛濕潤了。妻子是怎樣在這個年輕女人面前按捺住炫耀女兒的衝動呢？

「哎，這個可惡的女人。」

「什麼？」

洪泰熙瞪大眼睛，吃驚地注視著你。既然那麼想讀，爲什麼不讓我讀給她聽？你用雙手使勁揉著乾燥而粗糙的臉。如果妻子請你唸女兒的小說給她聽，當時的你會這麼做嗎？妻子走失之前，你幾乎忘卻了妻子的存在。沒有忘記妻子的時候，大部分都是有求於她，或者責怪她，要不就是對她置之不理。習慣是可怕的東西。面對別人，你的語氣謙卑，然而回到妻子身邊，你立刻就變得氣呼呼的，偶爾還會爆粗口。是不是哪本書上提過，不能對妻子太客氣？是的，就是這樣。

「我，回來了。」

洪泰熙走了，家裡又變得空空蕩蕩了。你喃喃自語。

你年輕的時候，甚至結婚生子以後，還是想著要離開這個家。想到這個平平凡凡的小村莊，生於斯，老於斯，於是覺得好孤獨。每當這時，你就無言地走出家門，浪跡全國。到了拜祖先的時候，你彷彿受到基因的差遣似的回家。然後又再出門，直到渾身疼痛難忍，你才懶洋洋地回家。恢復健康以後，你學會了騎摩托車。你帶著一個和妻子截然不同的女人，騎著摩托車離開了家門。你甚至想過永遠不再回來。你想徹底忘掉這個家，重新開始另外的人生。然而不過三季，這個念頭就徹底打消了。

離開家門，即使熟悉了陌生的環境，你的眼前情不自禁地浮現出妻子養的東西，狗、雞、怎麼挖也挖不完的馬鈴薯……還有孩子們。

在地鐵站丟失妻子之前，妻子對你來說只是亨哲的媽媽。她是永遠屹立不搖的大樹，除非被人砍倒，或被人拔走，否則絕對不會離開。直到那一天，你才知道，也許永遠也見不到亨哲的媽媽了。亨哲的媽媽走失以後，你才眞眞切切地感覺到她是你的妻子，而不僅僅是亨哲的媽媽。從五十年前到現在，一直被你遺忘的妻子終於開始活在你的心裡。妻子失蹤了，你才對她產生了觸手可及的眞實感。

你終於了解到這兩、三年來妻子的狀況。妻子這幾年一直有些恍神，常常什麼事情也想不起來。即使走在村中熟悉的道路，妻子也會找不到家，呆坐在路邊。面對用了五十多年、再熟悉不過的鍋和缸，有時妻子卻流露出疑惑的目光，彷彿不知道那是什麼。家裡到處都是妻子的落髮。有時妻子看不懂電視劇，甚至忘記唱了五十多年的那首歌，那首以

「如果你問我愛情是什麼」開頭的歌。有時妻子似乎連你是誰也忘記了，或者連她自己是誰也忘了。

不僅如此。

有時候，妻子彷彿在漸漸乾涸的水中找到了什麼，清楚記得某些事情，甚至記得你哪一天離開家，更記得你還在儲藏間的門縫裡夾了包著錢的報紙。雖然你沒有說，但是離家的時候還是想到要給家人留錢。她說，謝謝你。妻子說，如果不是發現了那些包在報紙裡的錢，眞不知道怎麼度過那段日子。妻子說應該重新拍張全家福，因爲上次的全家福裡沒有小女兒在美國生的孩子。

直到這時，你終於恍然醒悟，原來妻子深陷混沌，而你卻視而不見。

妻子因爲疼痛而雙手抱頭、昏迷不醒的時候，你以爲妻子在睡覺。你還要她別隨便倒地而睡。最後妻子連房門都打不開，急得團團轉的時候，你還責怪她，要她睜大眼睛好好走路。你從來不覺得自己應該關心和照顧妻子。你無法理解妻子混亂如痲的時間概念。妻子嘴裡叨唸著年輕時養過的豬的名字，調好豬食，放在空空的豬圈，然後坐在前面說，「這回不要只生一隻小豬，你要生三隻……我會很謝謝你的……」即使這樣的時候，你仍然覺得妻子是在說著無聊的笑話。那一年，母豬生了三隻豬仔。妻子用賣三隻豬仔的錢給亨哲買了腳踏車。

「在家嗎？我，回來了！」

你對著空蕩蕩的家高聲呼喊，然後側耳傾聽裡面的動靜。

「回來啦？」

你期待著妻子迎接你的聲音，然而空房子裡瀰漫著寂寞。每當你從外面回到家，只要說聲我回來了，妻子總會從家中某個角落探出頭來。

「你就不能不喝酒嗎？沒有我，你也能活，要是沒有酒，我看你是活不了。孩子們每次打電話都爲這個擔心，你就不能戒了酒嗎？」

妻子一邊把熬好的熱湯放在你面前，一邊叨唸著。

「你再喝酒，我就離家出走……上次醫生不是說過了嗎？你不能再喝酒了。你啊，日子越過越好，如果不想多活，那就繼續喝吧。」

有時候你和別人出去吃午飯，喝酒回來，妻子會大發雷霆，彷彿世界末日。對於妻子的嘮叨，你總是左耳聽右耳出，然而此時此刻，你竟無比懷念妻子的嘮叨。爲了想聽到妻子的嘮叨，你竟然在下火車後，進了旁邊的麵店，特地在大白天喝了酒。回家後，耳邊卻悄然無聲。

你看了看側院小門旁邊的狗窩，連狗也沒有動靜。沒看見狗鏈，看來是你姊姊懶得給狗送食，索性把狗帶回自己家了。你沒有關閉大門，徑直走進庭院，坐在門廊上。偶爾妻子自己去首爾，你也是這樣獨坐門廊。妻子打來電話，問你：「吃飯了沒？」你說：「什麼時候回來？」妻子問你：「怎麼了？想我了嗎？」你說：「有什麼好想的……不用管我，你在首爾待夠了再回來。」不管你怎麼說，只要聽你問：「什麼時候回來？」妻子就會馬上搭火車回家，不管去首爾有什麼事。看到妻子回來，你劈頭就責問：「回來幹什麼？不是要你待久一點再回來嗎？」妻子瞪你一眼說：「想得美，你以爲我是爲你回來的嗎？我是放不下那隻狗……」

妻子養的那些東西讓你放棄在異鄉的生活，回到了自己的家。推開這扇大門進來，就會看到妻子戴著沾滿灰塵的頭巾，要亨哲坐在書桌前，自己則去挖番薯、做酒麴。你姊姊常說，打仗的時候，你爲了躲避兵役而四處奔走，在家裡就睡不著覺，結果養成了習慣，讓你得了流浪病。你並不想逃避兵役。當時你厭倦了四處躲避的日子，主動去了兵役課。當時你的叔叔是負責人，只比你大五歲，把你送回來了。他說，即使家道沒落，你也是這個家族的長孫宗孫。必須活下來。你必須留下來守護祖墳，負責祭祖。不過，並沒有人把你的食指放在鍘刀下面砍斷。因爲眞正守護祖墳，忙於準備祭拜祖先的人是你的妻子。也許是這個緣故吧？你有家不能回，只能頂著露水在外睡覺。莫非是這樣的生活把你變成了流浪漢？也許是吧。有時你睡在家裡，總擔心有人推開大門來把你抓走，因此在深更半夜逃跑似的離開家門。某個冬天的夜晚，你回到家裡，卻發現孩子們突然間都長大了。天冷了，家人都擠在一個房間裡睡覺。妻子拿出飯碗，越過蓋著桌布的飯桌，端到你的面前。那是個雪花紛飛的夜晚。妻子在爐火上烤了紫菜。聞到香噴噴的紫蘇油，孩子們紛紛睜開眼睛，擁到你的身邊。你用妻子烤好的紫菜包著飯，塞進孩子們的嘴裡。大兒子、二兒子和大女兒吃完，小女兒和小兒子還沒吃到，然而已經吃完的大兒子又在等著你餵他吃了。你包飯的速度趕不上孩子們吃飯的速度。你開始害怕孩子們的嘴巴，甚至想，**要拿這些小傢伙怎麼辦呢？**這時候你才驚覺，自己應該忘掉外面的風花雪月，不能再離家出走了。

「我，回來了！」

你急忙推開房門。房間裡空空如也。離開家之前，妻子疊好的幾條毛巾仍然整齊地放在角落。那天早晨，你吃過藥以後，把水杯放在地板上，現在杯子裡的水已經乾了。壁鐘指向下午三點，竹影從後門映進來。

「我說，我回來了……」

你對著空蕩蕩的房間自言自語，你的肩膀明顯地低垂下去。「你怎麼會這樣想呢？」兒子強烈反對你自己回家，「家裡沒有人，你回去做什麼呢？」可是今天早晨，你不顧兒子的反對，堅決搭火車回來了。在路上，你心底的某個角落還藏著一絲希望。只要你走進家門，喊一聲，「你在家嗎？我，回來了。」正在擦房間，或者正在儲藏間裡挑菜，或者正在廚房裡洗米的妻子就會出來迎接你，像往常那樣說：「回來啦？」你覺得肯定會這樣。然而家裡空空蕩蕩。房子空置久了，散發出奇怪的氣息。

你站起來，打開了空房子裡所有的房門。**你在嗎？**臥室、小房間、廚房和鍋爐房的門都打開了，你不停地問，**你在嗎？**這是你第一次如此焦急地尋找妻子。我離開家的時候，妻子也這樣找過我嗎？你眨著乾涸的眼睛，推開廚房門，又往儲藏間那邊看了看，喃喃自語，你在那邊嗎？只有平板床孤零零地放在儲藏間裡。

以前，你會靜靜看著站在這裡埋頭做事的妻子，倒是妻子突然往你這邊看來，問你，「怎麼了？要找什麼？」你說，「我要去趟鎮上，襪子放哪兒？」妻子的手上本來戴著橡膠手套，聽你這麼說時，連忙摘下手套，跑進房間，找出了你要穿的衣服。如今，你呆呆地望著空蕩蕩的儲藏間。

「喂……我肚子餓了，想吃東西了。」

你對著放在儲藏間裡的空平板床嘀咕道。妻子不管是在挑辣椒蒂，還是在疊紫蘇葉，還是在醃白菜，只要聽見你想吃東西，就會毫不遲疑地停下手中的事情，來到你身邊，跟你說：「山上長出了八角金盤，挖了些回來，給你做八角金盤煎餅，怎麼樣？想不想吃？」當時的你，怎麼沒意識到這是幸福呢？你從來沒為妻子煮過海帶湯，憑什麼理所當然地接受妻子為你所做的一切？有一次，妻子從鎮上回來，說路過你常去的那家肉店門口時，老闆娘堅持要她進去，請她喝了海帶湯再走。原來今天是女主人的生日，早上丈夫給她煮了海帶湯。你靜靜聽著，妻子繼續說，「其實味道也不怎麼樣，可是我真的很羨慕肉店的老闆娘啊。」你乾涸的眼睛眨個不停。**在哪兒呢……只要你能回到這個家，我不但可以為你煮海帶湯，還可以做煎餅。是在懲罰我嗎……**你乾涸的眼睛裡泛起了淚花。

你想走的時候，隨時都可以離開家門。你想回來的時候，隨時都可以回來。然而你從來沒想過，妻子也會離開這個家。

直到妻子失蹤以後，你才想起第一次見到妻子時的情景。婚約確定之前，你們從來沒有見過面。那時候，聯合國和共產黨之間達成休戰協議，戰爭結束了，但是氣氛比戰爭更恐怖。每到深夜，人民軍就從山上跑下來，到村莊裡掃蕩。家裡有適婚年齡的女孩，就要想方設法藏起來。從山上下來的人見到女孩就會搶走，這個消息傳遍了各個村莊。甚至有人在鐵路旁挖洞，把女兒藏在裡面。有的好幾戶人家聚集起來過夜。還有的人匆匆忙忙讓女兒結婚。妻子出生在陳苗村，跟你結婚之前，一直住在那裡。你的姊姊告訴你，你要和陳苗村的姑娘結婚。那時候你二十歲。姊姊說那個姑娘和你八字相合。陳苗，那是一座山溝，距離你出生的村莊有十幾里路。那時候大家都是這樣，不需見面就可以結婚。婚禮訂在收割之後的十月，在女方家的院子裡舉行。婚期確定下來，只要你面露喜色，別人就笑你說要娶媳婦了，很開心吧。你說不上多開心，但是也沒什麼不開心。你姊姊操持家裡的生計，所有人都覺得你應該快點娶妻生子。話是沒錯，然而你卻無法想像和從未見過面的女人過日子。你也從來沒想過一輩子都在這個村莊裡種田，直到老死。人手不足的時候，連孩子都被叫到田裡幹活，你卻和幾個朋友到鎮上閒逛。你想和兩個談得來的朋友到別的城市開家釀造廠。你想的不是結婚，而是如何賺錢。當時，你是懷著怎樣的心情突然去了陳苗村呢？即將在十月分和你成婚的女孩子住在茅草屋裡，後院長著茂盛的竹子。明亮的燈光照著屋頂和院子，女孩的臉看上去卻有點兒黯淡。女孩穿著麻布小褂，坐在門廊上繡花，前面放著繡花機。女孩不時抬頭，仰望天空，有時注視天空中飛過成群的大雁，直到大雁不見了蹤影。女孩站起身來，走到茅草屋外面。你跟著走過去，那裡是一片棉花田。你未來的岳母正蹲在田裡摘棉花。

「媽媽——」女孩遠遠地喊了聲。

「怎麼了？」你未來的岳母頭也不回地說。雪白的棉花在母女之間隨風搖曳。女孩又喊了聲媽媽，岳母仍然頭也不回地問，「怎麼了？」

「我可不可以不嫁人？」

你屏住呼吸。

「你說什麼？」

「我想陪著媽媽，不可以嗎？」

棉花繼續在搖曳。

「不行！」

「爲什麼不行？」

女孩幾乎帶著哭腔問媽媽。

「你想被山上的人抓走嗎？」

身穿麻布衣服的女孩沉默了。她坐在棉花田裡，伸開雙腳，放聲大哭。這跟剛才坐在門廊繡花的女孩判若兩人。她哭得很傷心，連站在後面的你也忍不住想跟著哭了。岳母這才走出棉花田，站在女孩身邊。

「哎！你年紀的確還小。要不是戰爭，我也想把你留在身邊兩、三年，可是世道這樣險惡，有什麼辦法？結婚又不是什麼壞事，既然出生在這個山溝裡，就免不了這樣的命運。我也沒送你上學，如果不嫁人，你怎麼活呀？我看了你們的生辰八字，你們兩個人在一起會很幸福的。你們會生好幾個孩子，而且個個都會平安長大、出人頭地，這不就足夠了嗎？人生在世，就是找到自己的另一半，過順心的日子，生兒育女。我好好彈棉花，給你縫被子，不要哭了。」

女孩還是哭個不停。岳母伸出手，拍打著女孩的後背。

「不要哭了……」

女孩的哭聲還是沒有停止。這回，岳母也跟著哭了。

如果不是看到母女兩人在棉花田裡抱頭痛哭的場面，也許你在十月到來之前就離家出走了。想到那個坐在茅草屋的門廊上，繡著鳳凰的女孩，那個在棉花田裡叫著媽媽、媽媽，然後放聲痛哭的女孩，想到她可能會在某個深夜，神不知鬼不覺地被山上的人抓走，你就走不開了。

妻子不見了。你獨自回到空蕩蕩的家，連睡三天兩夜。你在兒子家裡總是睡不著，每天夜裡只是閉著眼睛。你的耳朵越來越敏銳，隔壁房間有誰開門去廁所，你也會睜開眼睛。你不想吃飯，然而你要考慮家人的心情。每到吃飯時間，你還是會過去陪著家人坐在飯桌前。回到自己家後，你什麼也不吃，死了一般地睡在空房子裡。

結婚之前，你只見過妻子一面，就是她坐在門廊上繡鳳凰，後來在棉花田裡放聲痛哭的樣子。你以爲自己對妻子沒什麼感情。然而每次離開家門，過不了多久，你就會情不自禁地想起妻子。妻子的手似乎能挽救一切。以前，你們家養什麼牲畜都養不活。妻子嫁過來之前，你們家養過好幾條狗，每次都養不了多久，還沒生小狗就死了。有時是吃了老鼠藥；有時是掉進糞桶；有時不知怎麼爬到爐灶上面，你的家人不知道，照常在爐灶裡點火，聞到腥味查看時，才發現狗已經死在裡面了。你的姊姊說，你們家養不活狗。妻子嫁過來後，從別人家抱回一隻剛剛出生的小狗，一路上遮著小狗的眼睛。妻子說：「小狗很聰明，如果不遮住眼睛，牠就會回到自己媽媽身邊。」小狗在門廊下面吃著妻子餵給牠的食物，健健康康地長大，每次能生五、六隻小狗。最多的時候，門廊下面有十八隻小狗。春天，母雞孵出三、四十隻小雞，只有兩、三隻被老鷹叼走，沒有一隻死掉。這也是妻子的功勞。你的妻子在院子裡撒上種子，嫩綠的新芽爭先恐後地冒出。馬鈴薯收成之後種胡蘿蔔，收了胡蘿蔔再種番薯。不停地播種，不停地收成，一家人吃也吃不完。插下茄子秧，夏天過去了，到了秋天，遍地就會是紫色的茄子。妻子手到之處，任何東西都會茁壯成長。妻子頭上浸了汗水的毛巾從來沒有拿掉的時候。田裡的雜草剛長出來就被妻子拔掉了。飯桌上吃剩的食物殘渣揉成一小團，倒進小狗的飯桶。捉青蛙，煮熟捏碎，當作雞飼料，再蒐集雞糞，埋進院子。妻子日復一日，重複著這些事。只要妻子動手，土地馬上變得肥沃，生出新芽，茁壯成長，開花結果。從來不把你的妻子放在眼裡的姊姊，後來也讓妻子幫自己在院子裡栽種辣椒苗了。

回家後的第四天夜裡，你醒了，呆呆地躺著，仰望天花板。那是什麼——你呆呆地看著衣櫃上面刻有太極圖的箱子，連忙坐了起來。你想起某個清晨，妻子早早醒來，翻來覆去睡不著，她叫你，你明明醒著，卻懶得理睬。

「還在睡啊？」

妻子深深地嘆了口氣。

「但願你不要活得比我久。」

「……」

「壽衣我都準備好了，放在衣櫃上面的太極圖箱子裡，我的也在裡面。萬一我先死，你不要慌張，先找出壽衣來。這次有點奢侈，我用了最好的麻布做壽衣。那個人說這是她親手種的麻，親手織成的麻布。你看了也會滿意的，眞的很漂亮。」

儘管不確定你是否在聽，妻子仍然像唸經似的自言自語。

「住在潭陽的堂嬸去世的時候，堂叔哭得好慘。他說堂嬸去世前囑咐過他，千萬不要買太貴的壽衣，還說已經把結婚時穿過的韓服熨好了，給她穿上就行了。女兒還沒結婚，自己就走了，已經很內疚，就不要再爲她花錢了。堂叔靠在我身上，一邊哭一邊跟我說這些，我的衣服都濕透了。他說堂嬸勞累了一輩子，如今日子剛剛好過一些，她卻死了。堂叔說，『這個可惡的人，臨死之前還囑咐，不要給她買好衣服。』我不想這樣，走的時候我要穿好一點的衣服。你要不要看一看？」

你沒有動靜，妻子又長嘆一口氣。

「你在我前面走吧，這樣最好了。人家都說生有序而死無序，不過我還是希望我們按照生的順序走。你比我大三歲，那就比我提前三年走吧。如果你覺得委屈，提前三天也行。我就自己住在這個房子裡，如果實在不行，我就到老大家，給他們剝蒜、打掃房間。你要怎麼辦？一輩子依賴別人，你會什麼？你想想吧，沉默寡言的老人自己占著房間，渾身臭味，誰會喜歡？我們成了孩子們的累贅，一點用處也沒有了。從大門外就能看出誰家有老人，因爲就是有股老人味。女人還能照顧自己，可是男人要是獨自留下來，肯定十分狼狽。即使你想長命百歲，也不要走在我後面。我先把你埋好了，然後就跟你去……這些我能爲你做到。」

你踩著椅子，拿下了衣櫃上面的太極圖箱子。箱子不是一個，而是兩個。從尺寸來看，前面是你的，後面的應該是妻子的。實際尺寸比躺著看的時候更大。你把箱子放在地上，打開了蓋子。妻子說她從來沒見過這麼美麗的麻布，還說走了很遠的路才買到。你打開蓋子，看見裡面堆著用棉布包裹起來的麻布，棉布白得耀眼。你逐一解開帶子，裡面按順序擺放著包墊子的布、包棉被的布、包腳布、包手布。**把我埋好再走……**你眨了眨眼睛，凝望著死後用來包覆你和你妻子的手指甲和腳趾甲的口袋。

兩個孩子從側門進來，叫著爺爺，跑到你面前。這是家住河邊的泰燮家的孩子。孩子們離開你身邊，在家裡東張西望。她們似乎是在尋找你的妻子。在大田經營中國餐館的泰燮不知道發生了什麼事，把兩個孩子交給自己吃飯都有困難的老母親，然後就再也沒有回家過。每次見到這兩個孩子，妻子都唸唸有詞地說：「泰燮就不說了，他老婆也不知道是幹什麼的。」聽村裡人說，泰熙的妻子和大廚私通，離家出走了。給孩子們做飯的人不是孩子的奶奶，而是你的妻子。有一次看到孩子們沒有吃飯，妻子把孩子帶回家，給她們做了早飯。第二天早上，孩子們揉著睡眼又來了。你的妻子在桌子上多擺了兩副碗筷，讓孩子們坐在飯桌前吃飯。從那之後，每到吃飯時間，兩個孩子就自動過來了。有一次，飯還沒做好，兩個孩子就趴在地上玩，等飯做好了，一溜煙地坐到飯桌前。孩子們吃得腮幫子都鼓了起來。你要是稍有微詞，妻子就像坦護自己的私生孫女似的說：「她們一定是餓到了，要不然怎麼會這個樣子。我們現在也不像從前那麼困難……孩子來了，我們也不寂寞，多好啊。」

自從孩子們來家裡吃飯以後，飯桌上出現了新蒸的茄子，瓦斯爐下面的烤魚架從大清早就放上鮐魚。首爾的孩子們送來的水果和蛋糕也都被妻子收了起來，等到下午四點鐘，孩子們從側門探頭張望的時候，妻子就讓她們進來吃。幾次之後，孩子們不但在這裡吃飯，甚至期待吃到零食了。你的妻子也理所當然地認爲自己應該照顧兩個孩子。那段日子，你的妻子去鎮上辦事，回家的時候沒趕上公車，呆呆地坐在車站裡，經營紙店的秉植把她帶回來。說是要去院子摘蘿蔔，卻呆坐在鐵路邊的田裡，路過的玉哲把她送回來。妻子說她要回家的時候，竟想不起來該坐什麼車；去了院子，卻想不起來要做什麼。這樣的精神狀態，怎麼能照顧兩個孩子吃飯呢？你不得而知。這些日子裡，兩個孩子又是怎麼吃飯的？你在首爾的時候，從來沒想過這個問題。

「爺爺，奶奶呢？」

兩個孩子找遍了井邊、儲藏間和後院，每扇房門都打開看了，這才確信你的妻子不在家。於是老大問了你妻子在哪裡，而老二則是緊緊貼在你身邊，期待你的回答。這也是你想問的問題，**妻子究竟在哪兒？她還在這個世界上嗎？**你讓孩子們等會兒，然後到米缸裡舀米，洗乾淨之後放在電鍋裡。孩子們還是不停地打開各個房間門，彷彿妻子會從某個房間裡走出來。你從來沒做過飯，不知道應該放多少水。你遲疑片刻，又添了半碗水，按下了電鍋的開關。

那天在首爾站出發的地鐵裡，過了多久你才發現地鐵已經出發，妻子卻沒有上來？你理所當然地以為妻子會跟在你身後。地鐵在南營站停過之後繼續出發的瞬間，你感覺有什麼重重地敲了你的頭。還沒等你確認這種打擊來自何處，絕望已經掠過你的腦海了。你知道自己犯了錯，犯了無法挽回的大錯。你的心跳聲大得連你自己都能聽見。你不敢回頭。當你不得不承認把妻子留在首爾站，你獨自上了地鐵，而且地鐵已經開出車站的瞬間，當你撥開旁邊人們的肩膀回頭張望的瞬間，你知道你的生命遭受重創。自從和十七歲的妻子結婚到現在，五十年的歲月裡，不管是年輕，還是年老，你總是走在妻子的前面。飛快的腳步讓你的生命重重地摔倒在某個地方。不到一分鐘，你便意識到了這個事實。如果踏進地鐵後你能馬上回頭看看，事情也不至於發展到這個地步。年輕的時候妻子就常常這樣說你。你們一起出門的時候，妻子總是走得很慢，遙遙落在你身後。每次她都滿頭大汗地追上你，要你走慢一點，要你和她一起走……「你急什麼？」妻子在後面發牢騷。你不得不停下來等她，妻子不好意思地笑著說：「還是我走太慢了？」

「別這樣……要是被別人看見多不好。夫妻走路，一個在前一個在後，別人還以爲我們感情不好，不願意一起走。要是讓別人這麼想，多不好。我不要求你牽我的手，至少你可以走慢點，如果我不見了怎麼辦？」

你覺得妻子這麼說好像是有預感。從二十歲相識到現在，五十年過去了，你和妻子都到了這個年紀，妻子說得最多的話就是「走慢一點」。聽妻子嘮叨了一輩子「走慢一點」，你爲什麼就不能走慢一點呢？你寧願走到前面，再停下來等她，也不肯像妻子期待的那樣，一邊聊天一邊並肩走路。你從來沒有。

妻子走失之後，每當想起自己飛快的腳步，你的心簡直要爆炸了。

你這輩子總是走在妻子前面。有時轉彎也不回頭看看。落在後面的妻子喊你，你就責怪她怎麼走得這麼慢。五十年歲月就這樣流走了。妻子走得很慢，然而只要你稍微等等，她就會滿臉通紅地追上來，仍然笑著說，**走慢一點**。你以爲今後的路也會這樣走下去。誰知就在前後只差兩、三步的首爾站，你先上了地鐵，然後地鐵就出發了。從那之後，妻子到現在還沒回到你身邊。

儘管飯沒完全煮熟，儘管只有泡菜，孩子們還是吃得乾乾淨淨。你在門廊上伸著動過關節手術的雙腿，注視著孩子們。做完手術後，左腿就沒有疼痛和麻木的感覺了，但是不能像從前那樣屈膝而坐。

「我給你熱敷一下好不好？」

耳邊似乎傳來妻子的聲音。即使你不回答，妻子也會在盆裡倒滿水，放在瓦斯爐上，再把毛巾放在熱水裡浸濕，敷上你的膝蓋，用那雙長滿黑斑的手使勁按壓。每次看到妻子粗糙的雙手，你也希望妻子能比你多活一天，希望在你死後，妻子用那雙手最後一次拂過你的眼睛，在孩子們面前擦拭你冰冷的身體，用那雙手爲你穿上壽衣。

「你到底在哪裡？」

孩子們吃完飯，箭也似的衝出去。你，失去了妻子的你，形單影隻的你，你在空房子的門廊上伸直了腿，大聲呼喊。妻子失蹤以後，你一直強忍著想哭的衝動，已經湧到喉嚨了。當著兒子的面，當著女兒和媳婦的面，你不能高聲叫喊，也不能放聲痛哭。現在你終於淚如雨下，不知是因爲憤怒，還是因爲難以自控的情緒。村裡霍亂氾濫的時候，你的父母在兩天內相繼離開人世。人們埋葬你的父母的時候，你也沒有流淚。你想哭，卻也沒有眼淚。埋葬父母之後，當你下山時，你又冷又怕，卻也只是瑟瑟發抖。戰爭之痛更沒讓你流過淚。你家裡曾經有頭牛，白天國軍駐紮在村裡，你牽著牛去耕地。到了夜裡，人民軍從山上來到村莊，抓走了人和牲畜。太陽落山後，你牽著牛去鎮上。你把牛拴在派出所門前，自己靠著牛肚睡覺，早上再牽著牛回村子裡耕地。一天夜裡，你以爲人民軍已經撤退了，就沒去派出所，結果人民軍衝進村裡。他們要搶牛。你被人民軍拳打腳踢，始終不肯放開你的牛。姊姊奮不顧身地出來阻攔，然而你推開姊姊去追牛，人民軍用槍托打你，你也沒有哭。後來，做警察的叔叔淪爲反動分子，和村裡人一起倒在灌滿了水的水田裡，那時候你也沒哭。竹槍扎進你的脖子，你也沒哭。現在，你卻痛哭失聲了。這時你終於意識到了，希望妻子比自己活得長久的心願是多麼自私。你也意識到正是這個心願使你不願承認妻子患了重病。從外面回來，看到妻子睡得像死人，你當然知道妻子是因爲頭痛而睜不開眼睛。你只是不願說出來罷了。不知從哪天開始，妻子說去餵狗卻沒有去狗窩。她說要去什麼地方，然而剛剛走出家門，就呆呆地站在大門口，然後又返回家裡。這些你都知道。妻子有氣無力地回到房間，好不容易找到枕頭躺下，緊皺了眉頭，你也只是靜靜地看著。一直都是你生病，妻子照顧你。有時候妻子說肚子疼，你就說自己腰疼，你就是這樣的人。你生病的時候，妻子給你按摩額頭、腹部，從藥店買來藥，給你煮綠豆粥，你卻只是讓姊姊給妻子抓藥。僅此而已。

直到這時你才想起，即使在妻子腸胃不舒服、好幾天吃不下飯的時候，你也從來沒有給妻子倒過一杯熱水。

那時候，你迷上了打鼓，遊走於全國各地。半個月後，你回到家，妻子生下了女兒。你的姊姊幫忙接生，說是順產，然而妻子一直腹瀉。肚子裡的東西都排出去了，臉上血色全無，怎麼看也不像剛生過孩子的女人，甚至沒有出現浮腫，顴骨高得嚇人。妻子出現了反覆的虛脫。你覺得這樣下去妻子會出問題，於是給姊姊留了錢，讓她去買中藥，熬好了給產婦吃。

你坐在空房子的門廊上哭泣，聲音越來越大。

你終於想起來了，這輩子你只給過妻子一次買藥的錢。姊姊買了三服中藥，給妻子熬了。每當因腸胃不適而虛脫的時候，妻子就說，「當時要是再接著吃上兩服，就能徹底好了。」親戚們都喜歡你的妻子。你的話不多，客人來了，只是簡單地說句，「來啦？」客人要走的時候再說一句，「要走啦？」僅此而已。但是來你家作客的親戚卻很多，這完全是因為你的妻子。人們都說你妻子很會做飯。妻子到院子割來冬葵，做大醬湯，拔一顆白菜做拌菜，人們就能津津有味地吃光一碗飯。他們說湯頭調味正合適，涼拌白菜也香噴噴的。假期裡，侄子們穿著校服來你家玩，回去的時候胖得扣不上校服的鈕釦。人人都說你妻子的飯能讓人長胖。插秧的時候，妻子從地裡挖回馬鈴薯，連同帶魚上鍋蒸，再配上米飯，幹活的人們都吃得不亦樂乎。連鄰村的人也願意到你家幫忙。他們說，吃了你妻子做的米飯，肚子很踏實，做了雙倍的工也不覺得餓。家人坐在門廊上吃午飯的時候，正好有賣瓜或賣衣服的小販從門前經過，妻子就騰出位置，請小販進來吃飯。妻子可以請陌生人吃飯，和氣而融洽，唯獨對你的姊姊沒有好臉色。

「當時要是再給我吃兩服藥就好了。就連你這個無情的人都囑咐她再給我買兩服，讓我的身體徹底好轉，可是孩子的大姑卻說，臉色這麼好，還吃什麼藥！她說這樣就行了，說什麼也不肯再給我買藥了……如果當時再吃上兩服藥，我就不用受這份罪了。」

你根本不記得這件事了，但是每次妻子腸胃不適的時候，都會提起，彷彿昨天剛剛發生的事情。即使妻子這樣說，你也從來沒想過給腸胃不適而腹瀉的妻子買藥。

「當時應該繼續吃下去，現在吃什麼也不管用了。」

每次腹瀉，妻子就什麼都不吃了。水米不沾，竟然也能堅持好幾天。年輕的時候，你視而不見。年紀大了，你問妻子：「是不是應該吃點東西？」每當這時，妻子就顯得痛苦不堪，看著你說：「牲畜不都這樣嗎？牛、豬……生病的時候什麼都不吃。雞也是這樣。狗就更不用說了，如果哪兒不舒服，牠們先停食。不管給牠多好吃的東西，牠也是一口都不吃。兩隻爪子刨狗窩前面的地，挖出坑來，把肚子放進去。過幾天舒服了，牠就自己站起來，也開始吃飯了。人也是這樣，肚子裡翻江倒海，不管吃下去的東西有多麼美味，都是毒藥。」

如果腹瀉持續多日，妻子就捏碎柿餅，舀一匙放在嘴裡，說什麼也不肯去醫院。柿餅怎麼能當藥吃呢？你勸她去醫院看病，去藥店買藥，妻子也不聽。如果你再催促，妻子就板起臉說：「我不是說過了嗎？我不去！」你啞口無言了。有一年，你夏天出門，冬天才回家，發覺妻子的左側乳房有個腫塊。你說不對勁，妻子卻不以爲然。直到乳頭凹陷，出現了分泌物，你才帶著頭上裹著被汗水浸濕的頭巾的妻子去了醫院。短時間內看不出是什麼病症，只是做了檢查，結果要十天後才能出來。這十天裡發生了什麼事呢？你被什麼事情纏住了嗎？爲什麼沒去看結果？爲什麼拖那麼久才去看結果？直到妻子的乳頭破了，你才帶著妻子再次去了醫院。醫生說妻子患了乳腺癌。

「癌？」

妻子說：「不行，我沒時間臥床不起，我要做的事情太多了。」至於醫生列舉的各種易患乳腺癌的情形，妻子都不吻合。不是晚育，五個孩子也都吃母乳，跟你結婚那年月經初潮，也不算過早。妻子喜歡吃肉，卻也不是餐餐有肉可吃。儘管這樣，妻子的左側乳房裡卻長出了癌細胞。如果早點去看結果，也許就不用切除乳房了。長滿癌細胞的乳房切除了，妻子纏著繃帶，仍然在田裡種馬鈴薯。爲了籌集手術費，這塊田已經賣給別人了。妻子在田裡埋下馬鈴薯種子。「這輩子再也不去醫院了！」不但不去醫院，妻子也不讓你靠近。

你們決定去首爾慶祝生日的時候，妻子還在腹瀉。渾身沒有力氣，能去首爾嗎？你正擔心，妻子卻不知從哪裡聽到了什麼，要你去鎮上買香蕉。去首爾之前，妻子連續三頓飯只吃兩個柿餅、半根香蕉。生孩子的時候，妻子最多也只躺了一個星期，然而面對不時襲來的腹瀉，妻子卻動不動就在房間裡臥床十天。妻子忘記了拜拜的日子。醃著泡菜，突然就呆坐下來。你問她怎麼了，她有氣無力地說：「哎呀……我忘記放蒜了沒……」妻子曾經不假思索地用雙手拿起煮著清醬湯的砂鍋，結果燙傷了手。你覺得這都是因爲年紀。你自己也把喜愛的打鼓忘到九霄雲外。活到這個歲數，身體再也不可能像年輕的時候了，有點問題也很正常。你覺得這個年紀就是要和疾病做朋友。妻子大概也處於這個過程吧，你這樣想著。

「在家嗎？」

聽到姊姊的聲音，你猛地睜開眼睛。你應該知道，這麼早到你家來的人只有姊姊。然而你還是很驚訝，誤以爲聽到了妻子的聲音。

「是我，我進來了。」

姊姊大概已經上了門廊，話音未落，房門就開了。你姊姊手裡拿著托盤，白布蓋著飯碗和菜盤。姊姊把托盤放在一旁，呆呆地望著你。最一開始，你們是住在一起的，四十年前，姊姊在新修的馬路旁蓋了房子，才搬走了。從那之後，你姊姊每天早晨睜開眼睛都要先抽支菸，梳好頭髮，插上簪子，然後趕往你家。姊姊伴著晨光在你家轉一圈就走了。姊姊靜悄悄地看看前院、側院和後院，無聲無息。每天早晨，你的妻子還是會被姊姊的腳步聲吵醒。嗯——妻子輕輕哼著翻個身，你姊姊又來了，自言自語地起床。你姊姊在你家裡轉上一圈，就隨即離開了，似乎只是想看看夜裡是否平安無事。姊姊小的時候突然失去了兩個哥哥，又在兩天之內相繼失去了父母，戰爭中差點兒失去了你。你的姊夫住進你們村裡，後來家裡失火被燒死了。傷痛深深扎根在姊姊心底，使她變成了枯木。任憑誰也砍不倒的枯木。

「怎麼不鋪墊子？」

姊姊沒有孩子，年紀輕輕就守了寡。她的眼神不僅僅是堅韌和頑強，看上去甚至有些可怕。現在，姊姊的眼角已經低垂。插著簪子的頭髮也變得斑白。姊姊比你大八歲，後背卻比你更爲挺拔。姊姊坐在你身邊，拿出菸捲，叼在嘴裡。

「不是戒菸了嗎？」

你姊姊沒有回答，而是打開印有鎭上酒館名字的打火機，點著了香菸。

「狗在我們家，你要是想牽回來，就去牽吧。」

「先放在你那兒吧……我還得再去趟首爾。」

「還要幹什麼？」

「……」

「應該等找到了再回來，你自己回來幹什麼？」

「我總覺得她在家裡等我。」

「她要是在家，我會不打電話告訴你嗎？」

「……」

「怎麼會這樣呢……你眞是沒用。又不是別人，你這個當老公的竟然把妻子弄丟了，你還有什麼顏面回來，也不知道那個可憐的人被丟在哪兒了？」

你怔怔地望著白髮蒼蒼的姊姊。你還是第一次聽姊姊這樣說你的妻子。每次提起你的妻子，你的姊姊總是流露出很不滿意的樣子。妻子嫁給你之後兩年沒有懷孕，姊姊開始奚落你的妻子。等妻子生了亨哲，她又說，這有什麼了不起？以前常常要把稻子磨成米做飯，姊姊和你們住在一起，卻從來沒有磨過米。不過你妻子坐月子的時候，還是她來幫忙照顧。

「我還想著在自己死之前和她說說……可是人不見了，我找誰去說呢？」

「說什麼？」

「又不是三言兩語……」

「是姊姊對她不好的事情嗎？」

「我對她不好了嗎？亨哲的媽媽說的嗎？」

你沒說什麼，只是默默地看著姊姊。難道不是嗎？誰都知道，你的姊姊不只是你妻子的大姑，更像是婆婆，人人都這麼認爲。但你姊姊最討厭這句話。她說，因爲家裡沒有長輩，自己不得不這樣。也許她說的是實情。

你的姊姊從放在地上的菸盒裡又拿出一支菸來，放在嘴裡。你給她點了菸。妻子的失蹤讓姊姊又開始吸菸了。你也無法想像不吸菸的姊姊是什麼樣子。早上剛剛起床，姊姊就伸手找菸。從早到晚，不管做什麼事情，都要先抽支菸。去什麼地方都抽菸，吃飯之前抽菸，睡覺之前也要抽菸。你覺得姊姊抽得太凶，然而從來沒說過要姊姊戒菸的話。你不能說。姊夫被火燒死之後，你看到姊姊時，她望著被火燒毀的家抽菸。她不哭也不笑，只是坐著抽菸。她不吃也不喝，只是抽菸。姊姊家失火不到三個月，姊姊的手就被菸燻黃了，還沒等靠近，就先聞到刺鼻的菸味。

「就算多活，我還能活多久？」

從五十歲開始，姊姊就常常唸著這句話。

「從出生到現在……命運對我眞是夠殘酷、夠刻薄啊……我連個孩子都沒有，什麼都沒有……哥哥死的時候，我覺得應該死的是我，他們應該活下來。父母去世以後，我鬱鬱寡歡，但是還有你和小均。好像人世間只剩下我們了……那個被火燒死的人，我和他還沒產生感情，他就死了……你不是我的弟弟，而是我的孩子、我的夥伴……」

的確如此。

人到中年的你患了中風，歪著嘴臥床不起。姊姊不知從哪裡聽說，每天喝一小碗晨露就能好轉，於是春、夏、秋三季，她都早早起床，端著盤子在田間徘徊，盛接清晨的露水。爲了趕在太陽升起之前接到晨露，你的姊姊不等天亮就起床。從那之後，你的妻子不再抱怨姊姊了。也是從這之後她開始把姊姊當成婆婆，而不是大姑。你的妻子幽幽地對你說：「你以爲我做不到嗎？」

「臨死之前，我想對亨哲媽媽說三句對不起。」

「爲什麼？」

「小均的事……因爲她砍杏樹而吵吵鬧鬧的事……還有她腹瀉的時候，我沒多給她買幾服藥的事……」小均，你閉上了嘴巴。姊姊站起身來。

「這是你的飯，餓了就吃吧。現在想吃嗎？」

姊姊指了指用白布蓋著的托盤。

「不想，剛起床，沒胃口。」

你也跟著姊姊站了起來。姊姊在家裡轉了一圈，你也跟著轉了一圈。妻子不在家，家裡到處都是灰塵。你的姊姊從醬缸旁邊繞過，用手心擦了擦缸蓋上的灰。

「小均會不會去了好地方？」

「提他幹什麼？」

「小均好像也在找亨哲的媽媽。我突然夢見小均了，要是這小子活著，不知道會怎麼樣？」

「應該也像我們一樣老了吧……還能怎麼樣？」

十七歲的妻子和二十歲的你結婚的時候，小均在小學讀書。在同齡的孩子中，小均明顯比別的孩子聰明，反應敏捷，通情達理，成績出色，五官也很清秀。誰見了小均都忍不住回頭多看一眼。小學畢業後，小均不能繼續讀書了。他苦苦哀求你和姊姊，直到今天他的聲音彷彿依然迴響在耳畔。「讓我上學吧，哥哥。讓我上學吧，姊姊……」每天他都哭哭啼啼地懇求你和姊姊，「讓我上學吧。」幾年過去了，戰爭所經之地依舊慘不忍睹。當時怎麼會那麼窮呢？現在回想起來，你有種恍然如夢的感覺。你被竹槍刺傷了脖子，卻頑強地活了下來。因爲是長子，你不得不擔負起養活全家人的重擔。也許正是因爲這個重擔，你才想離開家。那時候，別提讓弟弟上學了，甚至養活家人都有困難。見你和你姊姊都不答應，小均就去向你的妻子求情。

「嫂子，嫂子，讓我上學，讓我上學吧！我一輩子都會報答你的。」

妻子說：「孩子這麼想上學，我們應該滿足他的心願。」

「我也沒上過學！而且這小子還上了小學呢！」

你沒上學，是因爲你的父親。父親是中醫，兩個兒子相繼死於傳染病之後，他不再讓你去人多的地方了，包括學校。父親留你在膝前，親自教你漢字。

「亨哲的爸爸……讓亨哲的叔叔上學吧。」

「哪有錢讓他上學？」

「賣掉院子那塊地不就行了嗎？」

聽了這話，你姊姊罵道：「敗家女人！」然後把你妻子趕回了娘家。十天後的夜裡，你喝醉了酒，朝著岳父家走去。走過條條山路，到達那座茅草屋的時候，你在竹林茂盛的後院窗前停下了腳步。你來不是爲了接妻子回家。你幫人家犁地，喝了酒，酒勁牽引著你來到這裡。不管是誰趕走了妻子，既然妻子回了娘家，你就覺得自己不能若無其事地跨進岳母家的門檻，於是你站在那裡不動了。年邁的岳母和妻子的說話聲傳到了門外。說完什麼之後，岳母抬高嗓門兒說：「不要再回那個婆家，收拾行李回娘家吧。」你的妻子哽咽著反駁：「我死也要死在那裡，那是我的家，我爲什麼要出來？」聽完妻子哽咽著對岳母說的話，你靠在圍牆邊，直到晨光照進竹林。妻子走出房間做早飯，你一把抓住了她。也許是整夜哭泣的緣故，妻子猶如牛眼般的烏黑大眼腫成了直線。她驚訝地瞪大了眼，然而紅腫的眼睛依然像條細縫。就這樣，妻子跟在你身後，穿過茂密的竹林回家了。走過竹林，你放開妻子的手，自己走在前面。露珠落在褲子上。落在後面的妻子氣喘吁吁地跟在你的身後，對著你喊：「走慢一點！」

走進家門，還沒等亨哲跑出來，小均早已撲向你的妻子，喊了聲：「嫂子——」

「嫂子……我不上學了，嫂子不要再離家出走了！」

小均眼含熱淚，彷彿斬斷了什麼念頭。小均沒能繼續讀中學，而是留在家裡幫你妻子做家務。他跟著你妻子上山做農活，偶爾被長長的高粱桿擋住，看不見嫂子，他就大聲呼喊：「嫂子！怎麼了？」你的妻子趕緊答覆沒事，小均笑著又喊了聲嫂子。小均叫嫂子，你妻子答覆。小均再叫，你妻子又答覆……兩個人就這樣一唱一和，做完了田裡的農活。對於妻子來說，最靠得住的夥伴不是常常遊蕩在外的你，而是小均。後來，小均的力氣很大了，每到春天就牽著牛出去拉犁。秋收時節，小均總是最早到田裡收割稻穀。到了醃泡菜的時候，總是小均最先到田裡拔出白菜。當田裡長滿了草，用稻床脫粒的時候，村裡每個女人都帶著稻床，聚集到當天打稻穀的人家，找個位置，放下稻床，幫忙脫粒，直到天黑。有一年，小均到鎮上釀造廠工作，有錢後立刻買了個稻床，回家交到你妻子手裡。

「你買稻床幹什麼？」妻子問道。

小均笑著回答，「村裡的稻床就屬嫂子的最破舊……放都放不穩……」

妻子的稻床太老了，打稻穀的時候比別的女人費力氣。她希望買個新的稻床。妻子的話你沒當回事。「又不是不能用，爲什麼要買新的？」接過小均遞來的新稻床，妻子大發雷霆，不知是對你，還是對小均。

「爲什麼要買這個？連初中都沒讓你讀！」

「嫂子，你眞是的……」小均漲紅了臉。小均很聽嫂子的話，似乎把嫂子當成了母親。從買稻床開始，只要有了錢，小均就會買生活用品回來，全都是嫂子需要的東西。他還買來了用白銅做成的罐子，一臉難爲情地說：「別人都用白銅罐，只有嫂子提著沉重的膠罐……」你的妻子把泡菜、蘿蔔塊和米飯盛進小均買來的白銅罐，帶著下田了。每次用完，妻子都會把銅罐擦得油亮。這時，你突然起身，往廚房走去。你打開廚房後門，抬頭看了看層板。四角飯桌折疊起來放在上面，邊緣靜靜地放著四十年前的白銅罐。

妻子生老二的時候，你也不在家，小均陪在嫂子身旁。那是冬天，天氣很冷，家裡卻沒有柴火。看到嫂子生完孩子後躺在冰冷的屋裡，小均砍掉家裡的老杏樹，劈成木柴，放在嫂子房間裡生起了火。你姊姊看到了，猛地推開產婦的房間，責怪你妻子說：「家裡的樹隨便亂砍會死人的。」小均大聲反駁：「是我砍的！爲什麼要怪嫂子！」你姊姊抓住小均的衣領，大聲吼道：「是嫂子教你砍的嗎？臭小子！你這個混帳東西！」但小均毫不示弱，極力袒護嫂子，「難道讓嫂子生完孩子，凍死在冰冷的房間裡嗎？」

這裡就是當年杏樹被砍斷的位置啊。

揚言賺錢並離家出走的小均，從外面已經回來二十天了。小均回家的時候，最高興的人就是你的妻子。小均變了很多，即使看到嫂子，臉上也沒有了笑容。你以爲他是在外面遇到了挫折。有一天，妻子臉色蒼白，氣喘吁吁地跑到你玩棋盤的商店門口，說小叔不對勁，要你趕快回家看看。你正沉浸遊戲中，打發妻子先回去了。失魂落魄的妻子猛地掀翻了放著棋盤的蓆子，大聲吼道：「小叔快死了！快回去看看！」

妻子粗魯的舉動讓你產生了不祥的預感，你趕回了家。

「快一點！快一點！」

妻子大聲呼喊著跑在前面。那是妻子第一次跑在你前面。小均掙扎著躺在杏樹被砍掉的位置，口吐白沫，舌頭打卷伸了出來。

「這小子怎麼了？」

你看了看妻子，妻子已經魂飛魄散。

最先發現小均的人是妻子。她被叫到派出所已經好幾次了。沒等查明死因，「嫂子餵小叔喝農藥」的謠言已經傳到了鄰村。你的姊姊紅著眼睛對你的妻子大吼大叫：「你這個惡毒的女人，殺死了我的弟弟！」接受調查的時候，妻子顯得很平靜。

「如果你們認爲是我殺死了小叔，那就不要再問了，直接把我關起來就是了。」

妻子不肯回家，要求員警把自己關進監獄，員警好幾次不得不送妻子回家。回家以後，妻子捶胸頓足。她使勁推開房門，衝向井邊，大口大口地喝涼水。你幾乎發瘋了。妻子被調查的時候，你在山間田裡瘋狂奔跑，大聲喊著小均的名字，小均，小均！你的胸膛在冒火，渾身滾燙，讓你難以忍受。死者沉默，活下來的人卻瘋了。

可憐的人，直到現在你才意識到自己有多麼卑鄙。你將所有的傷痛都轉嫁給妻子，如今你總算明白了。需要安慰的人是你的妻子，然而你卻緘口不語，把妻子推入了窘境。

那時候，全家人都亂了陣腳，最後找人埋葬小均的人還是你的妻子。過了很久，你也不問小均埋在哪裡。妻子終於開口了。

「你不想知道小均埋在哪兒嗎？」

你沒說話。你不想知道。

「不要怪小均……父母都不在，你是他哥哥，應該去看看他……最好找個好地方，重新埋一下。」

你對著妻子大吼，「那個無情無義的傢伙，我爲什麼要知道他埋在哪裡？」

有一次，你們要去某個地方，走著走著，妻子突然停下了腳步。「小叔的墳墓就在附近，你不想去看看嗎？」你假裝沒聽見。爲什麼要把這個傷痛的包袱徹底交給妻子呢？每到小均的忌日，妻子都會帶著做好的食物去小均的墳前。去年也是這樣。從山上回來，妻子的嘴裡散發著燒酒的氣味，眼睛通紅。

小均死後，妻子變了。原本樂觀的人也不再笑了。偶爾想笑，笑容也很快變得模糊了。以前農活繁忙的時候，只要後背貼到地板，馬上就能入睡。小均死後，妻子卻睡不好了。直到小女兒當了藥師，爲媽媽配製安眠藥之前，她從來沒有熟睡過。她總是睡不踏實。也許在失蹤妻子的腦子裡，已經堆積了厚厚的安眠藥物。這期間，家裡的舊房子拆了，翻蓋了兩次新房。每次都會丟掉許多堆放在角落裡的雜物。整理雜物的時候，妻子會單獨拿開白銅罐，生怕別人碰到。也許是擔心白銅罐混在其他雜物之間，將來會找不到。每次蓋新房，妻子都最先把白銅罐挪到臨時搭建的棚子。新房子建好後，妻子又最先把白銅罐放到新房裡的層板上面。

妻子走失之前，你從來沒想過你對小均之死的沉默，給妻子帶來了怎樣的痛苦。現在回想起來，再說自己當時多麼愚蠢又有什麼用？女兒說：「醫生問媽媽有沒有受過什麼刺激，是不是有什麼我不知道的事情？」那時你還搖頭。女兒說：「醫生勸媽媽接受神經科醫生的治療……」你卻不以爲然，「什麼神經科……」你覺得小均的事情會隨著時間的流逝漸漸遺忘，而且你認爲現在應該忘記了。五十歲過後，妻子也說：「夢不到小叔了，看來這小子去了好地方……」你以爲妻子也如你這般忘了小均。不料從今年開始，妻子又提起了小均。

有一天，你正在睡覺，妻子把你叫醒了。

「如果當初讓小叔繼續念初中，也許他就不會死了吧？」

妻子說道。不知道她是在問你，還是自言自語。

「我嫁過來之後，小叔對我最好了……他那麼想念初中，我這個當嫂子的卻沒送他去。最近又夢見他了，看來還沒去好地方啊。」

你應了一聲，翻過身去。妻子仍然望著遠方喃喃自語。

「當時你爲什麼要那樣？爲什麼不讓小叔上學？他那麼想去，哭著哀求，你不覺得他很可憐嗎？小叔說了，只要讓他上了學，以後的事情他都自己想辦法。」

你不想跟任何人談論小均的事。在你心裡，小均也是深深的傷痕。雖然杏樹被砍掉了，但是你仍然清晰記得小均死時的位置。你也知道妻子常常失魂落魄地望著那兒。你不想觸摸自己的傷痕。人生在世，什麼倒楣事都有可能碰到。你乾咳了幾聲。應該要在那時候和妻子好好談談小均的。直到妻子走失之後，你才有了這樣的想法。妻子空蕩蕩的心裡依然擺著小均。有時睡著睡著，妻子突然跑到廁所，蹲在馬桶旁，彷彿有人責怪她似的一邊擺手，一邊大聲呼喊：「不是我，不是我。」你問她是不是做了噩夢。妻子眨著眼睛，呆呆地望著你，似乎忘記了剛才的舉動。這樣的事情越來越頻繁。

因為小均的死，妻子多次出入派出所，你為什麼沒想到呢？妻子也因此被人誤以為是凶手。也許小均之死與妻子致命的頭痛有關係，你以前為什麼沒想到呢？你應該聽妻子的傾訴才對啊，你應該讓她說說心裡話才對啊。這麼多年來，你逼她陷入困境，卻不伸手援救，始終沉默不語。也許是這種壓力給妻子帶來了痛苦。妻子經常站著發呆。她說想不起自己要做什麼了。頭痛難忍，甚至連走路的力氣都沒有了，然而妻子卻堅持不去醫院，還囑咐你不許告訴孩子們她頭痛的事。

「知道又有什麼用？只會讓他們擔心，無法安心工作。」

即使孩子們無意得知，妻子也會連忙遮掩，「昨天頭真的有點痛，現在好了！」有時候妻子獨自坐著發呆，聽見你有動靜，就冷冰冰地問你，「你為什麼要跟我過日子到現在？」即便是這樣，妻子還是按時醃製豆醬，摘來山梅做成山梅汁。每到星期天，妻子就搭你的摩托車去教堂；偶爾還說想嚐嚐別人家煮的菜，和你一起去別人家吃飯。你提議合併每個季節的拜拜，妻子卻說：「等到大媳婦負責拜拜的時候再合併吧，以前都是這樣過來的，只要我活著，就這樣做下去好了。」那時候的妻子已經不同從前，出去採買拜拜用品，每次都會忘幾樣。準備一次拜拜，她要去鎮上三、四次。你以為沒什麼大不了。

凌晨，電話鈴響了。這個時間誰會打電話來？你心裡懷著期待，迅速拿起了話筒。

「父親？」

是大女兒。

「父親？」

「是我。」

「怎麼現在才接電話？手機怎麼不接？」

「有什麼事嗎？」

「昨天我打電話到哥哥家裡，嚇了一跳……您怎麼突然回家了？要走也應該打個招呼啊，回家之後又不接電話。」

看來女兒剛剛才知道你回家的事。

「我睡著了。」

「睡著了？一直在睡嗎？」

「好像是吧。」

「您一個人回家做什麼？」

「我想，說不定你媽媽自己回來了呢。」

女兒沉默了。你吞了口水。

「要不要我回去？」

幾個孩子就屬大女兒最努力尋找媽媽。也許是因爲她還沒結婚的緣故。自從驛村洞藥師打過電話之後，現在連類似的詢問都沒有了。兒子又在報紙上刊登了尋人啓事，還是沒有用。連警察也說該做的都做了，現在只能等待線索。然而女兒還是每天連夜趕到各家醫院的急診室去尋找，打聽有沒有送來無親無故的患者。

「不用……要是有什麼事，我會打電話的。」

「如果您感覺有什麼不便，馬上到首爾來，父親，或者也請大姑和您一起來。」

你仔細聽了聽，女兒的聲音有點兒奇怪，好像喝了酒，舌頭不靈活。

「喝酒了？」

「……喝了幾杯。」

大清早喝酒？女兒想要掛斷電話，你急忙呼喊女兒的名字。女兒語氣平靜地回應。你握著話筒的手上滲出了汗水。你的腿沒了力氣，癱坐在地板上。

「那天你媽媽狀況很不好，不該去首爾的……前一天你媽媽說頭痛，還在洗臉盆裡裝滿冰塊，把頭放進去，有人叫她都聽不見……夜裡她站在冰箱前，把頭伸進了冷凍室。如果不是痛到無法忍受的地步，你媽媽不會這樣。連早飯都忘記做了，哪裡還有精力去首爾啊？我這麼說了，可是你媽媽說，你們都在等著呢。我應該阻止她，可是現在我老了，耳根子軟了，判斷力也不行了。我還在心裡想著，趁這次去首爾，一定要讓她住院，哪怕是要強迫她……既然帶著這樣的人去首爾，我應該好好扶著她才行，可是我……我沒把你媽媽當病人，剛在首爾站下了車，我就自己走在前面……一輩子都是這樣，已經習慣了，結果發生了這樣的事情。」

你說出了從來沒在子女面前說過的話。話筒那頭的女兒屏住了呼吸。

「父親……」

女兒叫著父親，只有你能聽見她的聲音。

「大家好像都把媽媽忘了，也沒有人打電話了。您知道那天媽媽爲什麼頭痛得那麼厲害嗎？她說我是可惡的女人。」

女兒的聲音顫抖了。

「你媽媽這樣說你？」

「是的……您要過生日了，我可能沒辦法參加，於是我從中國打電話給媽媽，問媽媽在做什麼，媽媽說她正在用瓶子裝酒，還說要給小弟，因爲他喜歡喝酒。我也不知道怎麼了，本來這件事不值得生氣，可是我卻發火了。小弟該戒酒了，兒子喜歡，媽媽就給他，我叫媽媽不要帶那麼重的東西。如果小弟喝醉鬧事，媽媽要負責嗎？能不能聰明點……媽媽有氣無力地說，**原來是這樣啊，那我就到鎮上做點發糕帶著**……每年父親過生日，媽媽不是都做發糕嗎？我就說帶發糕做什麼，拿來也沒人吃。當著媽媽的面帶回家，然後又扔在冰箱裡，誰也不會吃的，不要這麼老土，空手來首爾就行了。媽媽問我，**你把發糕扔在冰箱裡沒吃？**我說是啊，三年前的發糕還在冰箱裡。媽媽哭了。**媽媽你哭了嗎？**我問。媽媽說，**你眞是個可惡的女人**……我本來是要媽媽輕鬆出門，卻被媽媽罵成是可惡的女人，一下子惱羞成怒了。那天北京很熱，我不耐煩地說，對，媽媽生了我這麼個可惡的女兒！對！我是壞女人！大喊過後，我掛斷了電話。」

「……」

「媽媽最討厭別人大吼大叫……可是我們所有人都對媽媽大吼大叫。我想再打電話給媽媽，向她道歉……可是到了吃飯時間，先在外面晃了一下，又跟朋友聊開，就忘了這件事。如果我再打個電話給媽媽道歉，也許媽媽就不會那麼痛了……也許媽媽就能跟上您的腳步了。」

女兒哭了。

「智憲呀！」

「……」

「你讓媽媽很驕傲。」

「嗯？」

「每次你上了報紙，你媽媽就把報紙摺起來放進包包裡，不時拿出來看……在鎮上遇到熟人，她就拿出來向人家炫耀。」

「……」

「有人問她，女兒是做什麼的……你媽媽就說，我女兒是寫文章的……你媽媽請南山洞希望院的人唸你寫的書給她聽。你寫了什麼，你媽媽都知道。那邊的人唸給她聽的時候，你媽媽滿臉都是笑容啊。不管發生什麼事情，你都要好好寫下去。」

「……」

「有些話，該說的時候就要說……我這輩子都沒怎麼跟你媽媽說話，不是錯過了說話的時機，就是覺得我不用說她也會知道。現在我什麼都可以說了，可是沒有人聽了。」

「……」

「智憲？」

「父親。」

「拜託了……你媽媽……請你照顧了。」

女兒終於抑制不住，在電話那頭失聲痛哭。你把話筒緊緊貼在耳邊，聽著女兒的哭聲。女兒的哭聲越來越大。女兒的眼淚彷彿沿著你手裡的電話線流淌過來。你也滿臉淚痕。哪怕全世界的人都忘記，女兒也會記得，你的妻子是那麼熱愛這個世界，而你是那麼愛你的妻子。

第四章

另一個女人

松樹鬱鬱蔥蔥。

這個城市裡怎麼會有這樣的村莊？哎，藏得還眞夠謹愼。前天下雪了嗎？樹上白雪皚皚。我看見你家門前有三棵松樹。好像是那個人種在這裡的吧，爲了讓我舒舒服服地坐在下面。我竟然提起了那個人。見過你之後，我可能要去和那個人見面。是的，我要去。我一定要去。

你們兄弟姊妹住的公寓和大樓在我看來都一模一樣，分不清是誰的家。怎麼會那麼相似呢？爲什麼都住得一模一樣呢？我覺得還是住在各自不同的房子比較好。有儲藏間、閣樓，不是很好嗎？就像你以前常常藏在閣樓裡，躲避老愛發號施令的哥哥。現在，農村也出現了很多一模一樣的樓房。你到我們家樓頂看過嗎？站在那裡能看見鎭上新建的公寓大樓。你小時候，村子連公車都還沒有呢。現在連農村都變了，更別說這個人滿爲患的城市了。我只是希望不要所有的房子都一模一樣。都是一個樣子，我會迷路，連你哥哥和姊姊的房子，我也找不到。這是我的問題。在我眼裡，那些房子都一個樣，門也一樣。可是，就算是深更半夜，人們照樣能找到自己的家，小孩子也能。

你也住在這裡。

這是什麼地方？首爾鐘路區付岩洞……這就是鐘路區嗎？鐘路區……鐘路區……啊，鐘路區！以前你大哥結婚的時候，新房子就在鐘路區。鐘路區東崇洞。媽媽，這裡是鐘路區。每次寫地址的時候，我很愉快。因爲鐘路是首爾的中心，現在我就住在這裡。鄉下的土包子終於來到鐘路了。你哥哥在信裡這樣寫道。雖然鐘路區號稱首爾的中心，不過在我看來，當時的鐘路只是貼在陡峭山麓的別墅，樣子挺嚇人的。爬到上面，累得我氣喘吁吁。當時我就想，城市裡怎麼會有這樣的地方？比我們鄉下還鄉下。這裡也是，我的感覺和當時差不多，這個城市裡竟然有這樣的地方。

去年，你們結束了三年多的國外生活，回到首爾，手頭的錢不夠支付以前房子的租金，你們只好搬到這裡。這裡簡直就是鄉下，雖說有咖啡廳，也有美術館，竟然還有磨坊。有人在磨坊裡做白色的長條糕，讓我想起從前的事，在那兒看了很久。春節要到了嗎？磨坊裡做白色長條糕的人很多很多。這個城市裡竟然還有在春節做白糕的地方。每到春節，鄉下人就用手推車帶著一斗米，去磨坊裡做白糕。排隊的人很多，手都凍僵了，還得拚命呵熱氣。

帶著三個孩子，生活難免有不方便的地方。女婿去首爾的宣陵上班，每天都要走很遠的路。附近有菜市場嗎？

「每次去超市都要買一堆東西，可是很快就吃光了。就算每人只喝一罐優酪乳，也要買三罐。三天就要九罐。媽媽！太可怕了，買了那麼多，轉眼就沒了！」

你張開雙臂，強調有那麼多。家裡有三個孩子，這也是理所當然的事情。

你的老大面紅耳赤地騎著腳踏車回來，想停在大門口，卻突然嚇了一跳。「媽媽！」老大叫了一聲，慌忙推開大門進來。披著灰色外套的你抱著老三，面帶疑惑地推門出來。

「媽媽！小鳥！」

「小鳥？」

「嗯，大門口！」

「什麼鳥？」

老大沒有回答，而是指了指大門。你擔心懷裡的老三會冷，拉起上衣帽子，蓋住老三的臉頰，走出了大門。一隻灰色的鳥躺在大門外面。從腦袋到翅膀都帶有黑色的花點兒，翅膀已經凍僵了。你看著那隻鳥，眼睛模糊了。你想到了我。丫頭，你家周圍到處都是鳥。怎麼會有這麼多鳥呢？冬鳥無聲無息地在你家周圍盤旋。

幾天前，你看見一隻喜鵲落在你家的木瓜樹下。你猜牠肚子餓了，於是回房拿出孩子們吃剩的麵包撒在樹下。那時，你也想起了媽媽。每到冬天，我都會舀一瓢老米，撒在柿子樹下面，讓落在光禿禿的柿子樹上的鳥兒吃。傍晚，你撒了麵包屑，二十多隻小鳥飛到木瓜樹下。小鳥的翅膀像你的巴掌那麼大。從那以後，你每天都在木瓜樹下撒麵包屑餵鳥。這隻鳥不在木瓜樹下，而是躺在大門外。我知道那隻鳥的名字，叫灰。這是海邊才有的鳥。我在鹽港——就是那個人住的地方看過。退潮的時候，灰在沙灘上尋覓食物。

你沒說話，老大抓住你的手臂使勁搖晃。

「媽媽！」

「……」

「死了嗎？」

老大問，你仍然不說話。你板著臉，靜靜地看著那隻鳥。

「媽媽！鳥死了嗎？」

聽到外面的聲音，老二跑出來問。你抱著老三，默默無語。

電話鈴響了。

「媽媽，阿姨打來的電話！」

好像是大女兒打來的電話。你從老二手裡接過話筒，臉色又僵住了。

「姊姊，這時候你怎麼能走呢？」

大女兒好像又要搭飛機了。你眼裡含著淚珠，嘴唇好像也在顫抖。你突然對著話筒喊了起來。ㄚ頭，你不是這樣的孩子，怎麼能對姊姊吼呢？

「太過分了……都太過分了！」

你重重放下電話。這是你姊姊對你、也對我做過的事。不一會兒，電話鈴又響了。你看了看電話，鈴聲沒有停，你只好又拿起話筒。

「對不起，姊姊。」

你的聲音恢復了平靜。你靜靜地聽著電話那頭姊姊的聲音。聽著聽著，你的臉又紅了，突然大聲喊道：「什麼？聖地牙哥？一個月？」

你的臉漲得更紅了。

「你問我可不可以去？你都已經決定了，有必要來問我嗎？你怎麼可以這樣？」

你握著話筒的手在顫抖。

「一隻鳥死在大門外面，我的心情糟透了，媽媽可能出事了！為什麼到現在還沒有找到媽媽？為什麼？然後，在這個時候，你還要離開？怎麼大家都這樣？連姊姊也這個樣子？這麼冷的天，媽媽也不知道跑去哪兒，大家只知道忙自己的事！」

丫頭，冷靜點兒，你也要理解姊姊的心情。如果你看過之前姊姊失了魂的樣子，你就不會這麼說了。

「什麼？要我找媽媽？我？我帶著三個孩子，還能做什麼？你想逃跑？你受不了，所以想逃跑，是不是？姊姊總是這樣。」

丫頭，剛才都冷靜下來了，怎麼又激動了？你放下了話筒，放聲大哭。老三跟著你哭。老三的鼻子變紅了，額頭也變紅了。老二也跟著你哭。老大推門進來，呆呆地看著你們三個人哭。電話鈴又響了，你哭著接起電話。

「姊姊……」

淚水奪眶而出。

「不要去！不要去！姊姊！」

最後，大女兒開始安慰你了。安慰不成，大女兒說她要來你家。你放下電話，默默地低頭坐著。老三坐在你的膝蓋上，你把老三摟在懷裡。老二走過來，撫摸你的臉頰。你伸手拍拍老二的後背。老大爲了討你歡心，趴在你面前算數學。你摸著老大的頭。大女兒從敞開的大門進來了。「來，小允兒！」大女兒從你手中接過老三。老三還很認生，在阿姨懷裡伸出雙手，掙扎著撲向你。

「讓阿姨抱一下。」

大女兒揉了揉老三的臉蛋。老三哭了。大女兒把孩子遞給你。回到媽媽的懷抱，孩子終於對著阿姨笑了，眼裡還含著淚珠。哎！大女兒揉了揉孩子的臉蛋。你們姊妹倆默默地坐著。電話裡說不清楚，大女兒在雪中趕到你家，卻又什麼話也不說了。大女兒的樣子好狼狽，眼睛腫了，大眼睛變成了一條線，一看就是長時間沒睡好覺。

「還去嗎？」

久久的沉默之後，你問姊姊。

「不去了。」

大女兒像是卸下了沉重的包袱，有氣無力地趴在沙發上。她睏得坐不住了。可憐的孩子，假裝堅強，內心卻脆弱不堪。怎麼能這樣糟蹋身體？

「……姊姊……你睡著了嗎？」

你晃了晃姊姊，手掌輕輕拂過姊姊的肩膀。你呆呆地凝視著睡夢中的姊姊。小時候也是這樣，即使前一秒大吵大鬧，下一秒就和好了。我才想要責備你們，卻看見你們已經手牽手睡著了。你走進房間，拿來毯子給姊姊蓋好。大女兒皺起了眉頭。這個冒失的孩子，睏成這樣了，竟然還敢開車。

「姊姊，對不起……」你小聲嘀咕道。

大女兒睜開眼睛看著你，自言自語地說：

「昨天我見了男友的母親。如果我們結婚，她將成為我的婆婆。男友的姊姊也住在家裡。她是單身，經營一家名叫『斯維斯』的西式餐館。他的母親又小又瘦，對他姊姊唯命是從，甚至稱呼女兒為姊姊。他姊姊經常餵母親吃飯，哄她睡覺，幫她洗澡，說媽媽你好可愛。不知從什麼時候開始，他的母親就開始叫女兒為姊姊了。他的姊姊說，『如果你是因為媽媽而不結婚的話，那就不用擔心。』她說自己會和媽媽一起生活，像姊姊一樣照顧媽媽。新年過後，她會送媽媽去療養院，自己去旅行。他只要在姊姊出門的時候，過去看看媽媽就行了。他的姊姊經營餐廳賺了錢，每年都會出去旅行一個月，已經二十年了。媽媽叫她姊姊，不過她還是很快樂。『媽媽養育了我那麼多年，現在也該換換角色了。』他的姊姊這樣說的時候，臉上帶著微笑。」

大女兒略作停頓，靜靜地望著你。

「說說媽媽吧。」

「媽媽？」

「嗯……關於媽媽，別人不知道的事情。」

「名叫朴小女，出生日期為一九三八年七月二十四日，短燙髮，白髮很多，顴骨較高。身穿藍襯衫、白外套、米色百褶裙。失蹤地點……」

大女兒瞇著眼睛看你，疲憊讓她又閉上了眼睛。

「我們不了解媽媽，只知道她不見了。」

該走了，可是我走不動了。我已經在這裡坐了一天。

眞是的。

我就知道會這樣，這是喜劇裡才會出現的場面。哎，我眞不知道該說什麼才好。這種時候我怎麼還笑得出來？嗯？你的老大正在旁邊邊戴著帽子邊跟你說話。他說什麼？讓我聽聽？啊，原來是想去滑雪。你說不行。「環境變了，學校功課都跟不上，應該趁假期好好讓爸爸複習，這樣下學期才能跟得上學校進度，否則以後會很吃力。」你對老大說這些的時候，蹣跚學步的老三正在飯桌下面撿飯粒吃。你手上長眼睛了嗎？眼睛明明看著老大說話，手卻從老三手裡搶過了沾滿灰塵的飯粒。老三大哭，緊緊貼著你的腿。你的手自然而然地抓住了差點摔倒的老三，嘴上仍然向老大解釋爲什麼要複習。也不知道老大有沒有在聽你說話，他東張西望，然後大聲喊著：「我想回美國！我不喜歡這裡！」老二則從房間裡跑出來，叫著媽媽，嘀咕說自己的頭髮亂了，等等要去補習班，要你幫她梳頭髮。你的手摸著二女兒的頭髮，嘴裡還唸著老大。

啊，三個孩子全部都撲向你了。

我的小女兒啊，你同時聽三個孩子說話呢。你的身體已經被三個孩子鍛鍊得相當結實。老二坐在餐椅上，你給她梳頭。老大說他還是想去滑雪，你用了緩兵計，要他找爸爸商量。這時，老三摔倒了。你連忙放下梳子，扶起摔倒的孩子，揉了揉她的鼻子。然後你拿起梳子，繼續給老二梳頭。

突然，你看了看窗外。你看到了坐在木瓜樹上的我，我與你目光對視。你小聲說，「第一次看見這種鳥。」

你的三個孩子都順著你的視線望過來。

「會不會跟昨天死在大門口的那隻鳥有關係？媽媽？」

老二握住你的手。

「不是吧……那隻鳥不是長這個樣子。」

「是吧？就是吧！」

死在大門外的小鳥被你們埋在木瓜樹下。老大挖洞的時候，老二做了木頭十字架。懵懂無知的老三連聲叫喊。你拿起鳥，折起翅膀，放在老大挖好的洞裡，老二唸了聲「阿門！」埋好了小鳥，老二打電話給正在上班的爸爸，描述了埋葬小鳥的經過。「我做了十字架，爸爸！」

十字架在風中倒下了。

聽著孩子們的喋喋不休，你走到窗前，想把我看清楚。你的孩子們也跟著你擠到窗前看我。哎，不要看了，我對不起你們。你們出生的時候，我想的都不是你們，而是你們的媽媽。梳好小辮子的老二盯著我看。你出生的時候，你的媽媽沒有奶。生你哥哥的時候，在醫院不到一週就出院了。生你的時候很不順利，你媽媽在醫院住了一個多月。那時候是我照顧你的媽媽。你的奶奶來醫院探望的時候，你哭了，你奶奶跟你媽媽說：「孩子哭了，快給孩子吃奶。」看著你媽媽把沒有奶水的乾癟乳頭放在你的嘴裡，我瞪了一眼還是新生兒的你。匆忙送走你的奶奶，我從你媽媽的懷裡奪過你來，用手掌打了你的屁股。孩子哭了。奶奶通常會說，孩子哭了，快給孩子吃奶。外婆卻會說，這孩子太愛哭，真會折磨媽媽……我也不例外。你不可能知道這些事情，奇怪的是，你的確對奶奶比對我親。見到我的時候你說：「外婆，您好！」見到奶奶的時候，你卻嬌滴滴地叫著：「奶奶……」撲進她的懷裡。每當這時，我心裡就不是滋味，看來你記得我打你屁股的事情啊。

對了，你長得很漂亮。

看著你濃密的黑髮，綁起小辮子還有拳頭那麼粗，跟你媽媽小的時候一模一樣。我從來沒給你媽媽梳過小辮子。你媽媽很想留長髮，我卻給她剪成短髮。我沒有時間讓她坐在我的膝蓋上梳頭。看樣子，你幫你媽媽完成她小時候想要梳辮子的心願了。你的媽媽盯著我，手卻摸著你的頭髮。你媽媽的眼睛濕潤了。唉，她又想起我了。

丫頭，是媽媽呀。吵吵嚷嚷中，你能聽見我說話嗎？我是來向你道歉的。

原諒你當初生下第三個孩子、抱著回家時，媽媽的臉色。你叫了聲「媽媽」，然後驚訝地盯著我的臉。此情此景總是浮現在我的眼前，揮之不去。爲什麼呢？也許是因爲你的計畫裡沒有第三個孩子？或許因爲你姊姊還沒結婚，而你已經生了三個孩子，說出去沒面子？你在遙遠的異國他鄉默默地懷了第三個孩子，獨自熬過害喜之後，才告訴我們老三即將出生的消息。你生老三的時候，我也沒幫上什麼忙，看到你抱著孩子回來，我卻對你嚷嚷：「你在想什麼？生三個孩子！你到底在想什麼？」

對不起，丫頭。我對不起你的老三，也對不起你。這是你的人生。而且你展現出了驚人的能量，你自己應付得很好。媽媽一時忘了你是這樣的孩子，才說出那樣的話。從美國回來後，媽媽每次見到你都會流露出那樣的神情，也請你原諒。你很忙，我偶爾去你家，你總是馬不停蹄地追著你的孩子們。一會兒給這個孩子穿衣服，一會兒給那個孩子餵飯，一會兒又扶起摔倒的小傢伙。接過孩子放學回來的書包，用雙手迎接喊著媽媽、撲進你懷抱的孩子……要做子宮肌瘤手術的前一天，你還在忙著給孩子們做飯。我去你家幫忙照顧孩子，打開冰箱門的瞬間，你不知道我有多麼悲傷。冰箱裡擺滿了給孩子們吃四天的食物，你的眼皮低垂，顯得有氣無力，卻還在叮囑我，「媽媽，最上面一層明天吃，下面一層後天吃……」你就是這樣的人，什麼事情都要親自動手。正是因爲我知道，你生完老三的時候我才問你，你到底在想什麼？

那天夜裡你洗澡，我拿起你脫在門口的衣服看了看。襯衫袖口都磨破了，還沾著李子汁。褲子的膝蓋部分向外凸出，褲縫開了線。內衣都破舊了，也不知道是什麼時候買的，帶子上還起了毛。捲成團的短褲上面，已經看不清楚花樣，看不出是碎花還是水珠，還是小熊……有些髒了。你不像你的姊姊，你是個愛乾淨的孩子，白色運動鞋哪怕只有一點點的污痕，你也會洗乾淨才穿。親愛的小女兒，你那麼努力念書，難道就是爲了過這樣的生活？現在我想起來了，你從小就和你的姊姊不同，你非常喜歡小孩子。你手裡拿著自己喜歡的食物，看到鄰居家的孩子羨慕的眼神，你會毫不猶豫地送給他們。當你自己還是個孩子的時候，看到別的孩子哭泣，你也會走過去幫他擦眼淚，抱抱他。你就是這樣的孩子，媽媽忘記了。現在的你沒有了事業心，穿著舊衣服，頭髮綁在後面，只想好好教孩子。媽媽在背後看著你的樣子，心裡好難過啊。你弄濕抹布擦拭房間的時候，媽媽與你目光相遇。我對你說：「你就過這種日子嗎？」這句話也請你原諒。不過，你好像沒聽懂我當時的意思。最後我也沒去你家。你讀了那麼多書，擁有令人羨慕不已的能力，爲什麼要過這種枯燥的日子？我不想看到你這個樣子。我的乖女兒！你敢於面對現實，勇往直前，然而有時候我卻對你感到氣憤，不明白你爲什麼要選擇這樣的生活。

丫頭。

你給媽媽帶來了很多快樂。你是我的第四個孩子。其實，應該是第五個。這話我以前從來沒有說過。你上面還有個孩子，可惜沒有活下來。那是你大姑接生的，說是男孩。孩子沒有哭，也沒有睜眼，是個死胎。你大姑要找人把孩子埋了，我阻止了她。當時你父親不在家。我和那個孩子在房間裡躺了四天。那是冬天。每到夜晚，就能透過窗紙看到外面的雪。第五天，我翻身起床，用缸背著死胎，上山埋了。挖洞的人不是你父親，而是那個人。如果那個孩子沒死，你就有三個哥哥了。那之後，我自己生下你。你問發生了什麼事情？沒……沒有，什麼事也沒有。我說要自己生的時候，你大姑甚至有些失落。現在我終於可以說了，我不害怕自己生孩子，而是怕再生個死胎。我不想讓任何人看到。如果再生死胎的話，我不想得到那個人的幫助，我要親手埋掉，然後再也不要回家了。當時我的想法就是這樣。陣痛來襲的時候，我沒有告訴你的大姑，而是自己燒好熱水，放在房間，讓你年幼的姊姊坐在我身邊。我害怕會生出死胎，大氣都不敢出。皺巴巴、熱呼呼的你從我的身體裡鑽了出來。還沒擦乾你的身體，我就打你的屁股。你立刻就哭了。看到你，你年幼的姊姊也笑了。寶寶——姊姊呼喚著你，撫摸著你柔軟的臉蛋。你是活生生的。我沉浸在喜悅裡，忘記了疼痛。後來我才發現，我的舌頭已經血淋淋了。你就這樣出生了。我擔心再生出死胎，終日沉浸在悲傷和恐懼之中，你的到來給了我安慰。

丫頭。

至少對你，我能做到其他媽媽所能做到的一切。我的奶水很多，餵了你八個多月。你是第一個上幼稚園的孩子，你的第一雙鞋不是膠鞋，而是運動鞋。是啊，你上小學的時候，我還給你做了名牌。我第一次寫字，寫的就是你的名字。爲了寫好你的名字，我不知道練了多少次。我把手帕和名牌戴在你胸前，送你到學校操場。你說這有什麼了不起？這對我來說是了不起的大事。你大哥上小學的時候，我都沒有送他去學校呢。我擔心他們要我寫字，於是找出種種藉口，要你大姑帶大哥去上學。你大哥回來抱怨說：「別的孩子都有媽媽陪著上學，只有我是大姑送的。」直到如今，我好像還能聽見你大哥的牢騷。你二哥上學的時候，我把他交給了你大哥。你姊姊也是哥哥帶著去上學的。我到鎮上給你買書包，買蕾絲邊的連身裙，這都是只有你才有的待遇。能爲你做這些，我感到幸福。我還拜託那個人給你做了張小書桌，儘管這對你來說不算什麼。你的姊姊沒有書桌。現在，你姊姊偶爾還會提起，當初總是趴在地上做作業，肩膀都變寬了。看到你坐在書桌前讀書，媽媽的心裡好幸福。你準備考試的時候，我給你帶便當。你晚自習的時候，我在外面等你回家。你也給我帶來了無比的喜悅。你是鎮上成績最好的孩子。你考上了首爾一流大學，而且還是藥科大學。你讀過的女中甚至貼紅紙慶賀。常常有人問我，怎麼生得出這麼優秀的女兒啊。每當這時，我就笑開了，開到耳朵根。你不會知道，每次想到你，我就有多麼驕傲。雖然是自己的孩子，如果沒盡到做父母的本分，就不會有這樣的心情。儘管是自己的孩子，心裡也會感到歉疚。你卻沒讓我有這種歉疚。

你上了大學，參加遊行示威的時候，我也沒像對你哥哥那樣干涉你。你在明洞教堂絕食抗爭的時候，我也沒有去找你。也許是因爲催淚彈的緣故，你的臉上長滿了粉刺，而我還是什麼也沒說。我不知道究竟是怎麼回事，不過我相信你有自己的理由。你和朋友們到鄉下家裡籌備社區夜校的時候，我還給你們做了飯。你的大姑說，這樣下去你就要變成共匪了，我還是讓你隨心所欲。我對你的兩個哥哥不是這樣，總是約束，總是批評。你二哥被警察用警棍打傷腰部的時候，我熬了鹽水爲他熱敷，同時還威脅說，如果再這樣繼續下去，我就死給他看。不過我也很緊張，生怕你哥哥會覺得我無知。年輕人就該做年輕人的事，我卻拚命阻擋。我對你卻沒有這樣。儘管不知道你究竟想改變什麼，我從來沒有阻止過你。那年六月，我還和你一起隨著送葬隊伍去了市政府前。那時候，你的侄子出生了。我在首爾。

我記性還眞好，誰說不是呢。

倒不是說我記性好，只是有些日子我無法忘記。比如那一天，你一大早出門的時候看了看我問：「媽媽要不要也一起來？」

「去哪兒？」

「二哥的大學！」

「去那兒做什麼？又不是你們學校？」

「那裡要舉行葬禮，媽媽。」

「原來是這樣……媽媽爲什麼要去啊？」

你呆呆地看了看我，關上房門準備出去，很快又走了進來。我手裡拿著剛出生的孫子的尿布，你一下奪了過去。

「媽媽也來吧！」

「馬上就吃早飯了，我還得給你嫂子做海帶湯呢。」

「一天不吃海帶湯，嫂子又死不了。」你有些反常，粗魯地反駁媽媽。於是，我被你強拉著換上了外出的衣服。「我就是想和媽媽一起，走吧！」

我喜歡你這句話。身爲大學生，你卻願意帶著我這個從來沒進過學校的媽媽，理由是「我就是想和媽媽一起」。我還記得你說這句話時的語氣。那天我第一次看到那麼多人聚會。那個死於催淚彈的二十歲年輕人叫什麼名字啊？我問過好幾次，你都告訴我了，現在還是想不起來。那個年輕人究竟是誰，怎麼會有那麼多人爲他舉行聚會？我跟著你，追隨在走向市政府的送葬隊伍後面，生怕找不到你，我一次次找到你的手，緊緊地抓住。你發現我的不安，對我說：「媽媽！萬一找不到我，你不要到處走，站在原地別亂走，我會回來找你。」

爲什麼我到現在才想起這句話？在地鐵沒跟上你父親的時候，想起這句話就好了。

丫頭，你給我留下了這麼多美好的回憶。你拉著我的手，一邊走路一邊唱歌。那麼多人不約而同地喊出同樣的聲音，雖然我聽不懂，也不能跟著呼喊，但那是我第一次去廣場之類的地方。是你帶我去的，你眞讓我感到驕傲。在那裡，你好像不是我的女兒了。你和在家裡時判若兩人。你像惡狠狠的老鷹。你的嘴唇那麼嚴肅，你的聲音那麼果斷，以前我從來沒有這樣的感覺。我親愛的女兒，從那之後，每次我來首爾，你都把我從家人中間拉出來，帶我去電影院，帶我去看古蹟，帶我去書店裡賣唱片的地方。你把耳機戴上我的耳朵。因爲有了你，我才知道首爾有個地方叫光化門，有個地方叫市府前。因爲有了你，我才知道這世上還有電影和音樂。媽媽覺得你和別人過的是不一樣的生活。你出生以後，家裡擺脫了貧困，所以我讓你自由自在地做自己想做的事情。僅此而已。正因爲這種自由，你讓我看到另外的嶄新世界，所以我希望你更加盡情地享受自由，爲別人做更多的事。

……我要走了。

可是，唉……

老三好像睏了。嘴角流出口水，眼睛已經半闔。老大和老二分別去了學校和補習班，家裡安靜了許多。怎麼搞的啊！唉，你的家裡太亂了，從來沒見過這麼亂的家。我眞想幫你收拾房間……可是現在，我幫不了你。哄著孩子睡覺的時候，我的女兒也睡著了。是啊，你好辛苦啊。我的孩子抱著自己的孩子睡著了。冬天怎麼還出那麼多汗？我親愛的女兒，舒展眉頭吧。這樣皺著眉頭睡覺，會長出皺紋的。你的娃娃臉已經不見了，月牙樣的小眼睛變得更小了。你笑的時候，從前的可愛模樣也不見了。你的臉上冒出了許多皺紋。我都已經活到能看見你長這麼多皺紋，那我也算不上是短命了。丫頭啊，媽媽眞沒想到你會這樣帶著三個孩子生活。你姊姊是個感情用事的人，動不動就發脾氣，稍不如意就暴跳如雷。你和你的姊姊不一樣，你做什麼事都會先規畫好，然後按照計畫去實踐。你對我說：「媽媽，我也沒想到，沒想到我會生三個孩子……既然懷了孩子，就得生下來，還能怎麼樣呢？」你這樣說的時候，我真的感覺你好陌生。我以為要多生也應該是你的姊姊多生。你很少發脾氣，即使兄弟姐妹中間有誰生氣，你也可以平心靜氣地說話。我還以為在生孩子這件事上你也會充分考慮，只要一個小孩就好。你姊姊糾纏媽媽，說她也要像兩個哥哥那樣有自己的書桌，還因此發了脾氣。你沒有，你從來沒有對媽媽使過性子。你綁著兩條小辮子，趴在地上，我問你在做什麼，你說在算數學。你姊姊從小就不喜歡數學，你卻很厲害。你在解題的時候展現驚人的天分。算出答案後，你常會得意地笑幾聲。

但是媽媽到底發生什麼事了？為什麼找不到答案？想必你一定很痛苦。因為三個孩子，你不能奮不顧身地找我。你只能趕在每天太陽落下的時候打電話給姊姊，「姊姊，今天還沒有媽媽的消息嗎？」因為孩子，你不能到處尋找，也不能痛痛快快地放聲大哭。我親愛的女兒，雖然身體不聽使喚，但是只要神智清醒，我總是會想起你。你養了三個孩子，然而我能為你做的卻只是給你寄些泡菜。想到這些我就覺得對不起你。你抱著孩子回家的時候，一邊脫鞋一邊笑著說：「媽媽，我穿了兩隻不一樣的襪子。」當時媽媽的心裡很不是滋味。你那麼愛乾淨，卻連認眞穿襪子的時間都沒有了，可見你忙成什麼樣子。偶爾神智清醒的時候，我就想起應該爲你和你的孩子們做些什麼。這樣我就會產生活下去的欲望……我想脫掉腳上這雙已經磨破後跟的藍拖鞋，也想脫掉身上這件沾滿灰塵的夏裝。我還想擺脫連自己都認不出來的狼狽模樣。我的頭好像要碎裂了。好了，丫頭，抬起頭來，我想抱抱你，我要走了。枕著我的膝蓋躺一會兒吧，休息一下，不要爲我悲傷。因爲你，媽媽有了很多幸福。

啊，你在這裡。

我去了你位於鹽港的家。房子好像閒置很久了，那扇面朝大海的木門已經破損，門上插著鑰匙。房門緊鎖，廚房門爲什麼要敞開呢？海風猛烈地搖晃著廚房的門，木門幾乎要徹底粉碎了。

你怎麼會在醫院裡？醫生怎麼這樣？也不給你治病，卻問些無關緊要的問題。他老是在問你的名字，爲什麼呢？你爲什麼不肯說出你的名字？只要說出「李銀奎」這三個字就可以了。你爲什麼不肯說？害得醫生反覆問個不停？眞是的，那個醫生爲什麼要這樣？現在又拿起孩子們玩的小船模型，問你，知道這是什麼嗎？當然是船，還能是什麼啊。又不是開玩笑，問這個做什麼？哦？眞的不知道？連你叫什麼名字也不記得了嗎？眞的不知道那個小船模型是什麼嗎？

醫生又問：「幾歲？」

「一百歲！」

「不要這樣，請說出你的年齡！」

「兩百歲！」

我眞是痛心。你怎麼會是兩百歲？你比我小五歲，那是幾歲呢？醫生又問你的名字。

「新久！」

「好好想想！」

「白一燮！」

新久？演員白一燮？我喜歡的新久和白一燮？

「不要這樣，請好好想想再回答。」

你在啜泣。你怎麼了？你爲什麼在這裡？爲什麼要被人問這樣的蠢問題？你才多大年紀，竟然回答不出這樣的問題，還爲此哭哭啼啼？我第一次看到你的眼淚。哭的人總是我。你看我哭過多少次，我卻第一次看到你哭的樣子。

「好了，再說一次你的名字！」

「……」

「請再說一次！」

「朴小女！」

這不是你的名字，這是我的名字。我想起你第一次問我名字時的情景。你就像陳舊的公路，一直鋪在我的心裡。你像石子路上的碎石子，你像泥地裡的泥土，你像灰塵中的塵粒，你像蜘蛛網中的蜘蛛絲。那時我們都還年輕。活了這麼多年，我從來沒覺得自己年輕過，然而想起第一次見面的情景，我的眼前浮現出自己年輕的面孔。年輕的我頭頂裝滿麵粉的銅罐，沿著新修的公路從磨坊回家。那是小均買給我的罐子。回到家裡，我要用罐子裡的麵粉給孩子們做麵餅。想到這裡，年輕的我就加快了腳步。磨坊位於橋那邊四、五里的地方。我頭頂裝滿麵粉的銅罐，額頭上滲出了汗珠。你騎著腳踏車從新修的公路上經過，停在我面前，叫住了我。

「大嫂。」

年輕的我兩眼注視前方。我穿著寬鬆的褲子和衣服，乳房似乎要探出衣襟了。

「你放下頭上的罐子，給我吧，我用腳踏車幫你載。」

「我怎麼能把東西交給過路人？」

嘴上這麼說，年輕的我還是放慢了腳步。那個罐子真的很重，我的頭都要被壓碎了。我用毛巾打了結，托在下面，還是感覺額頭和鼻子直往下墜。

「反正我也沒載什麼，你住哪？」

「橋那邊的村子……」

「村口有個小商店，我就把東西放在那裡。給我吧，你就可以輕輕鬆鬆地走路了。你的東西看起來很重，我的車是空的。只要放下罐子，你就能走得更快，早點回到家。」

年輕的我咬著罐子下面的結，看著跳下腳踏車的你。比起亨哲的爸爸，你的長相實在很平凡。從前是這樣，現在還是這樣。你有張貌似街頭小販的長臉，臉色很白，看上去像是從來沒做過活兒的人。眼角低垂，怎麼看都不是美男子。濃濃的眉毛很平坦，顯得你很正直。嘴角也很端正，感覺是個信得過的人。那雙眼睛彷彿在靜靜地注視著什麼，感覺似曾相識。我沒有立刻遞給你罐子，而是盯著你的臉。你準備重新騎上腳踏車了。

「我沒有別的意思，只是覺得東西好像很重，想幫你。既然你不領情，我也沒差。」

你的腳又踩回了看似很結實的腳踏板。這時，我連忙對你說了聲謝謝。我停下腳步，取下頭頂的罐子，遞給了你。你解開繫在腳踏車後座的粗繩子，放好罐子，然後用橡皮繩固定。我默默地看著你。

「東西我就幫你放在小商店裡！」

初次見面的你，帶著我要給孩子們吃的糧食，騎車走過了塵土飛揚的公路。我解下頭上的毛巾，拍了拍褲子上的灰塵，望著消失在前方的你和你的腳踏車。灰塵總是遮住你和腳踏車，我用手揉著眼睛仔細打量。頭頂輕鬆了，我也感覺舒服多了。我使勁擺著雙臂，走在路上。清爽的風吹進衣襟，我手裡什麼也沒有，頭頂也沒有，後背也沒有，我已經很久沒這樣走路了。我看著飛翔在傍晚天空的小鳥，哼起了小時候跟著媽媽唱過的歌，走到了小商店。我的眼睛從很遠的地方就開始搜尋。走到商店門口，卻沒有看到本應放在門口的罐子。那一刻，我的心跳加速，連忙加快了腳步。我想問商店的女人，有沒有人在這裡放罐子？可是我不敢。如果有人放在這裡，我應該看見了，但是我沒有看到。我明白了，你搶走了我孩子的晚飯。淚水在眼眶裡打轉，我怎麼就這樣相信初次謀面的人，竟然把裝著孩子們晚飯的罐子交給你呢？我是中了什麼邪？我怎麼會這樣呢？當你的腳踏車從我的視野裡消失的瞬間，隱約的不安掠過我的腦海。現在，不安成了現實。直到如今，我仍然記得當時的絕望。我不能兩手空空回家，無論如何我也要找回裝著麵粉的罐子。

那天做早飯的時候，我去糧倉舀米，舀子碰到空空的米缸，發出刺耳的聲音。如果有罐子裡的麵粉，應該可以支撐十天。想到這裡，我就不甘心。經過商店，我繼續向前，去找你和你的腳踏車。我逢人便問，有沒有見過像你這樣的人。一邊打聽一邊走，很快就打聽到了你。你還眞是馬虎。你住得並不遠，距離我們村只有五里路，進鎭之前的入口處的村莊，那裡有間瓦房。你家的位置有點兒偏僻。打聽到這個消息，我就像田徑運動員似的朝你家跑去。因爲我必須趕在你把罐子裡的麵粉用光之前見到你，把麵粉要回來。進入村莊的路口兩邊是兩片稻田，我在兩片稻田之間的山丘上的破舊房子門前，發現了你的腳踏車。那一刻，我大聲叫著衝進你家。我看見了坐在破舊門廊上目光空洞的老母親，看到了用力吮手指的三歲孩子和你難產的妻子。原本我是要找回被偷走的罐子，卻從黑暗而狹窄的廚房裡拿來掛在牆上的鍋，倒上水，燒了起來。我推開守著難產的妻子連連跺腳的你，拉著你妻子的手，大聲喊著：「用力！用力！」不知過了多久，終於聽見了嬰兒的啼哭聲。家裡連碗海帶湯都沒有準備。你的老母親雙目失明，看上去好像已經沒有靈魂了。我接過剛出生的孩子，從罐子裡舀了麵粉，和了和，煮了麵餅，然後又舀出幾碗麵粉，把湯端進產婦的房間……然後，我繼續頂著罐子回家了。這是幾十年前的事了？這就是當時出生的孩子嗎？他在給你擦手，要你趴下，幫你擦後背。時間過得好快啊，你光滑的脖子已經變得皺巴巴，濃密的眉毛也掉了，端端正正的嘴角也認不出來了。現在，你的孩子代替醫生問你，「父親，說出你的名字！你知道你叫什麼名字嗎？」

「朴小女。」

我都說了，這是我的名字，你怎麼還這樣說？

「朴小女是誰？父親？」

我也想知道，我是誰？我是你的什麼人？

七、八天之後，我還是不放心，帶著海帶去了你家。產婦不見了，只剩下剛剛出世的孩子。生下孩子之後，你的妻子高燒三天，最終還是撒手人寰。你說妻子嚴重營養失調，無法承受生產之痛。你的老母親彷彿什麼都不知道，仍然眼神空洞地坐在舊門廊上，旁邊還有個三歲的孩子。也許陪伴在你病床邊的也不是當時剛剛出生的孩子，而是那個三歲的孩子。

我不知道我對你來說有什麼意義，你卻是我人生的夥伴。準備給孩子做飯的麵粉被你偷了，我曾經爲此眼前一片黑暗，結果你卻成了我多年以來的夥伴，誰能想得到呢？我們的孩子不能理解。如果能夠理解你和我，那麼幾十萬人死於戰爭的事也就不難理解了。明明知道產婦已經離開人世，我卻不忍心就那麼離開，於是把帶去的海帶泡進水裡，和著那天從我的罐子裡舀出之後剩餘的麵粉，放入海帶，煮了麵餅湯。然後每人盛一碗，放在桌子上。我轉身想走，卻又回去給剛出生的孩子吃了我的奶水。那時候，我的奶水都不夠我女兒吃呢。你抱著剛出生的孩子，到村裡到處討奶。雖說生命無比脆弱，但是有的生命又無比頑強。聽我大女兒說，除草機割雜草的時候，就在割斷的瞬間，雜草還纏著除草機的車輪，撒下種子，試圖繼續繁殖。你的孩子吸奶的樣子很可怕。他太用力了，我感覺自己都要被他吸進去了。我用手拍了拍他因為胎熱未散而紅通通的屁股。還是不行，我只好強行推開了。剛剛出生就失去母親的孩子，一旦叼住乳頭，就會本能地不想鬆開。我放下孩子，轉身想走。這時候，你問我叫什麼名字。結婚以後，你是第一個問我名字的人。突然間，我害羞地垂下了頭。

「朴小女。」

那時，你笑了。我想讓你再次露出笑容。我也不知道為什麼會產生這樣的念頭。是的，你沒有問，我卻告訴你，我姊姊的名字叫朴大女。你又笑了。你說你叫李銀奎，你的哥哥叫李金奎。你還說，父親在給你們取名字的時候，就希望你們能賺很多錢，成為富翁。每次叫你們的時候，父親甚至直接叫金櫃、銀櫃。也許是因為這個緣故，名字叫金奎的哥哥比叫銀奎的你過得好一點。這回是我笑了。看見我笑了，你也跟著笑。無論是當時還是現在，我最喜歡的是你笑的樣子。所以在醫生面前，你也不要皺著眉頭，笑笑吧。反正笑又不用花錢。

孩子滿三週之前，我每天都去你家給孩子餵奶。有時趕在大清早，有時趕在深更半夜。這件事變成了你的枷鎖嗎？我爲你做的只有這些，然而從那之後的三十年裡，只要碰到困難我就去找你。孩子的叔叔出事是我第一次找你幫忙。當時我眞的不想活了，覺得死是最好的解脫。每個人都在折磨我的時候，只有你什麼也沒問，要我忍耐。你說，隨著時間的流逝，所有的傷口都會癒合。你要我什麼都別想，冷靜地處理眼前的事情。如果沒有你，眞不知道我當時會怎麼樣。我已經神情恍惚了。我生下第四個孩子卻是死胎的時候，也是你幫我埋掉了。這樣想來，你之所以搬到鹽港，是不是因爲覺得我太麻煩？你這個人和海邊，和漁夫根本搭不上邊啊。你應該耕地播種才合適。你沒有地，只能耕種別人的土地。你搬到鹽港的時候，我應該想到這些。現在我才明白，你是因爲受不了我才逃到鹽港的。對你來說，我眞是個壞人。

是啊，初次見面好像很重要。

我一直覺得你欠了我的債，這是眞的。要不然我怎麼會那麼肆無忌憚地對你？你帶著我的罐子逃走以後，我找到了你。你不聲不響地搬到鹽港，我也還是找到了你。你和鹽港格格不入。看到你站在大海前，而不是稻田前，我感覺很陌生，很不協調。你在海邊鹽地裡流露的表情，至今我還記憶猶新。我總是忘不了你的神情。現在想來，應該是驚訝，你竟然找到這裡來了？

因爲你，鹽港成了令我難忘的地方。每次我都是因爲遇到棘手的事情才去找你。當我過得風平浪靜的時候，我會把你遺忘。我以爲自己已經忘記你了。我去鹽港找你，你跟我說的第一句話是，「什麼事？」現在我終於可以說了，那次我去找你並不是因爲遇到了什麼事。那是我第一次爲了找你而找你。

除了那次逃到鹽港，其他時候你都在原地等候，直到我不再去找你。謝謝你在那裡。也許正因爲有你在那裡，我才能活下來。每次感到心裡不安我就去找你，卻從來不讓你牽我的手。對不起。我那樣走近你，可是我的冷漠卻把你推走。現在想想，我很可惡喔？對不起，對不起。起先是因爲不好意思，後來是覺得我們不能這樣，再後來是因爲我老了。你是我的罪孽，也是我的幸福。在你面前，我想要有骨氣點。

偶爾，我跟你說些自己在書上看過的事情。其實那不是我自己讀的書，而是我從女兒那裡聽來的。我說，西班牙有個叫聖雅各的地方。你記不住這個名字，總是問我：「那個地方叫什麼？」那裡有一條巡禮者之路，需要走三十三天。我女兒想去旅行，有時候會說起那裡的事情。我跟你說的時候，好像是我自己想去。於是你說：「既然那麼想去，什麼時候我們一起去吧。」聽你說想和我一起去某個地方，我的心猛地一沉。好像就是從那之後，我再也沒有去找過你。我根本不知道那是什麼地方，也不想去。我們在過去的歲月裡經歷的事情，將來會怎麼樣呢？你知道嗎？

這是我想問你的話，卻問了女兒。我的女兒說：「媽媽問這個，好奇怪。」不過，女兒還是回答了我，「媽媽，這些事情不會消失，而會滲入我們的身體，不是嗎？」聽起來好深刻，你聽得懂嗎？原以爲早已過去的事情其實都滲透進了我們，只是我們感覺不到罷了。過去的事和現在的事，現在的事和未來的事，未來的事和過去的事都相互交織。可是現在，這些都無法繼續了。

只是我們感覺不到罷了。其實現在發生的事和以前的事，還有即將發生的事都相互牽連，你這麼想嗎？是嗎？是這樣嗎？有時候，我看著我的孫子孫女，感覺他們和我們沒有關係，而是突然從某個地方掉落下來，跟我毫無關連。

你說我們初次見面時的那輛腳踏車也是偷來的。你在路上遇到頭頂著麵粉罐的我之前，本想賣掉偷來的腳踏車，再買點兒海帶。這些計畫進行到哪兒了？你沒有賣掉腳踏車，放回原來的位置，卻被主人發現，挨了一頓罵。這些事情也都滲透進了過往歲月的某個縫隙，從而帶著我們來到了這裡嗎？

我知道，我失蹤之後你也在找我。以前你從來沒去過首爾，這次卻在首爾站下了車，坐著地鐵到處尋找，看見和我相像的人，你就抓住人家。我也知道你曾經無數次到我家附近徘徊，想看看有沒有我的消息。我也知道你很想見見我的孩子們，聽他們說我的事情。後來，你就病成這個樣子了。

你的名字叫李銀奎。如果醫生再問你的名字，你不要回答「朴小女」，要說「李銀奎」。我準備放開你了，你是我的秘密。誰也想不到我的生命裡會出現你這樣的人。沒有人知道你存在於我的生命，然而每當我的生命遇到狂風巨浪的時候，你都會給我送來木筏，讓我順利度過。人生有你，我很開心。我常常在不安的時候找你，而不是幸福的時候。也正因爲有你，我才能走過自己的人生。今天我來找你，就是想跟你說這句話。

……現在，我該走了。

家裡已經被凍結了。門怎麼上鎖了？應該敞開門，讓鄰居家的孩子進來玩。家裡沒有溫度，就像冰塊。下了這麼大的雪，卻沒有人掃雪。院子裡到處都是白雪。凡是能結冰的地方都結滿了冰柱。孩子們小的時候，常常摘下冰柱，當成刀劍打架。我不在以後，好像再也沒有人進來了。好久沒有人跡了。亨哲父親的摩托車停在儲藏間裡。哎呀，凍得徹徹底底了。你千萬不要再騎摩托車了。看看，像你這麼大年紀的人還有誰騎摩托車？你以為自己還年輕嗎？我又忍不住嘮叨了。不過，騎摩托車的亨哲父親的確有種氣質。這種氣質使他不像鄉下人。年輕的時候，亨哲父親頭髮抹油，身穿皮夾克，騎著摩托車進村，人們都盯著他看。應該有當時的照片……好像是在裡屋門上的鏡框裡面……啊，在那兒。那時候的亨哲父親還不到三十歲，臉上充滿了早已徹底消失的激情。

我想起蓋新房之前住過的那棟老屋。我很愛那個家。說出「愛」這個字眼，我又感覺並不僅僅是「愛」。我們在那裡度過了四十多年的歲月，如今它已不存在了。以前我總是在那棟屋子裡面，無論什麼時候都在。亨哲父親有時在，有時不在。有時杳無音訊，彷彿永遠不再回來，然而最後他總會回家。也許正是因爲這樣，蓋新房之前的老屋常常清晰地出現在我的眼前。我記得所有發生在那房子的事，記得孩子出生時的樣子，記得我對亨哲父親的等待、遺忘和怨恨。如今只剩下空蕩蕩的房子了，悄無聲息，只有白雪守著我們的家。

房子這東西很奇怪。所有的東西都會因爲人的接觸而變舊，有時距離人太近，彷彿被人的毒氣傳染了。房子卻不是這樣。再好的房子沒有人住，也會迅速倒塌。人在裡面糾纏、說笑、走動，房子才有了生命。你看看，房頂角落已經被雪壓塌了。明年春天得找人修修房頂了。客廳電視櫃的抽屜裡貼著修房頂的連絡電話，他每年春天都會來幫我們，亨哲父親知道嗎？只要打電話，他們就會派人來修。不能讓房子整個冬天都空置，即使沒有人住，也應該不時打開鍋爐。

你去首爾了嗎？你去那裡找我嗎？

大女兒去日本時寄回家的書放在那個房間，現在也結凍了。自從女兒把書寄回家以後，這裡就成了我最喜歡的房間。頭痛的時候，我就到這個房間裡躺上片刻。起先，只要稍微在這裡躺會兒就好多了。我不想讓你知道我頭痛的事。後來，只要睜開眼睛就頭痛，連飯都沒法做了。我仍然不想在你面前做個病人。爲此，我常常感到孤獨。每當這時，我就走進放著女兒的書的房間，安安靜靜地躺著。有一天，我抱著痛到不行的頭，暗下決心，等女兒從日本回來的時候，我要讀女兒寫的書。我忍著頭痛學過識字，可惜沒堅持下去。學習識字的時候，我的狀態迅速惡化。我不能告訴你學識字的事，所以很孤獨。跟你說這些，因爲我覺得有傷自尊。學會識字，除了能親自閱讀女兒的書，我還可以做一件事，那就是在我離開之前，給每個家人寫封告別信。

風很大，院子裡的雪被風吹得紛紛揚揚。

我在這個院子裡最喜歡的事情，就是夏夜裡搭起火爐蒸豆沙包。亨哲抱來柴火點燃，弟弟妹妹們亂糟糟地圍坐在平板床上，望眼欲穿地盯著火爐，等待鍋裡的豆沙包蒸熟。等到蒸熟了，豆沙包放在盤子裡，好幾雙手同時伸過來。每人拿一個，轉眼間就沒有了。蒸豆沙包的速度遠遠比不上孩子們吃的速度。我又往火爐裡塞了薪柴，等著又一鍋豆沙包蒸熟。看著橫七豎八躺在平板床上的孩子們，我甚至感覺有些可怕。他們的胃口太好了。火在燃燒，然而蚊子還是固執地咬我的手臂和大腿，吸我的血。我蒸到深夜，還是被孩子們吃得乾乾淨淨，然後又在等待。這樣的夏夜裡，孩子們等啊等，接二連三地睡著了。趁孩子們入睡，我趕緊蒸好剩餘的豆沙包，放進籃子，蓋上蓋子。第二天早晨，籃子裡的豆沙包只是皮稍微有點兒硬。睜開眼睛，他們又坐在裝著豆沙包的籃子前大吃起來。直到今天，我的孩子們仍然喜歡吃外皮稍硬的豆沙包。還是這樣的夏夜，星光燦爛，我走在路上，卻是什麼也想不起來，腦子裡空空如也。我仍然經常懷念這裡，懷念這裡，懷念這裡的院子、門廊、花田，還有那口水井。走著走著，突然坐在路邊，想起什麼畫什麼，畫出來的就是這個家。我畫了大門，畫了花田，畫了醬缸，畫了門廊。我什麼也想不起來，只能清晰地想起這個家。那個從前的家，那個早已從地球上消失的家，那個有著老式廚房、後院裡長著蜂頭葉的家，那個豬圈旁邊有儲藏間的家。我想起那兩扇掉漆的藍色鐵門，就是左邊有側門、右邊有郵箱的大門。每年只有三、四次，需要同時敞開兩扇門，然而有著木把手的側門總是敞開著，幾乎從不上鎖。即使我們不在家，鄰居孩子們也會從側門進來，玩到天黑再回家。到了農忙時節，女兒早早放學回來，看到家裡沒人，就爬上放在柿子樹下面的腳踏車，玩起了腳踏板。我從田裡回來，坐在門廊邊的女兒叫著媽媽，撲進我的懷裡。老二那個臭小子離家出走的時候，我每天都把飯放在一旁，打開兩扇大門。如果飯碗被誰絆倒了，我就重新擺好。半夜被風聲吵醒，我生怕風會關上大門，於是推開房門出去，擺上塊大石頭。大門一動，我的眼睛和耳朵都會追尋大門的動靜。

櫃子也結冰了。

連門都打不開了，櫃子裡空蕩蕩的。開始頭痛後，我又想去找那個很久沒有找過的人。彷彿看到他，我的頭痛就好了。不過，我沒有去。我壓抑著去找他的衝動，整理著自己的東西。我感覺自己很快就要失去知覺，什麼都認不出來了。我想趕在失去知覺之前，親手整理我熟悉的東西。我包好捨不得扔掉的衣物，帶到田裡去燒毀。亨哲領到第一個月工資時給我買的內衣仍然放在櫃子裡，幾十年過去了，連標籤都沒有撕掉。燒毀這些衣物的時候，我的頭也疼痛難忍，彷彿要破裂。能燒的都燒了，只留下被子和枕頭，留給孩子們逢年過節回家用。陪伴我多年的雜物也全部拿出來，重新看了看。許多都是捨不得用的東西，還有準備在大女兒結婚時送她的盤子和碗，可是她到現在還沒結婚。小女兒結婚後生了三個孩子，大女兒仍然沒有結婚。早知道這樣，我就把東西送給小女兒了。當初買的時候打算送給大女兒，結果就這麼傻傻地等著，總覺得要給大女兒才行。我猶豫了一會兒，最後把這些也都拿出去打碎了。我知道，早晚有一天，我會失去全部的記憶。在這之前，我想親手處理自己用過的東西。我不願意讓它們留下來。櫥櫃最下面也是空的。所有能打碎的東西都打碎了，埋進了地裡。

我打開結了冰的衣櫃，裡面只有一件冬天的衣服，那是小女兒買的貂皮大衣。五十五歲那年，我不願吃飯，也不想出門，心裡滿是不快，臉色也是痛苦不堪。彷彿我開口就會散發出異味，於是十幾天沒有說話，一句話也沒說。我努力擺脫悲觀的思緒，然而悲傷還是每天都在增加。雖是寒冷的冬天，我卻常常把手放入涼水，洗了又洗。有一天，我去了教堂。經過教堂門前庭院的時候，我停下腳步，俯身在懷抱死去兒子的聖母腳下。我向聖母祈禱。**我已經忍無可忍了，請把我拉出憂傷吧，請垂憐我吧**。片刻之後，我停下了祈禱。面對抱著死去兒子的女人，我還能祈禱什麼？望彌撒的時候，我看見坐在前面的女人穿著貂皮大衣，情不自禁地被那種溫柔吸引，悄悄地用臉去蹭女人的外套。春風般的貂皮溫柔地抱住了我衰老的臉，忍耐已久的眼淚終於奪眶而出。我老是想要磨蹭貂皮大衣，那個女人輕巧地躲到了旁邊。回到家裡，我給小女兒打電話，要她買件貂皮大衣給我。十天以來，這是我第一次開口說話。

「媽媽，您說要貂皮大衣？」

「是的，貂皮大衣。」

小女兒沉默了。

「你要不要買給我？」

「天氣已經變暖了，還要穿貂皮大衣嗎？」

「要。」

「您要去哪裡嗎？」

「沒有。」

聽了我生硬的回答，小女兒哈哈大笑。

「那您來首爾吧，我們一起去買。」

走進百貨公司，來到貂皮大衣專櫃前，小女兒仍然不時地盯著我看。那個女人穿的貂皮大衣，也就是讓我埋進臉去的貂皮大衣，比它稍微短點兒的衣服竟然那麼貴，這眞讓我始料未及。因爲女兒也沒提起價錢。買完貂皮大衣回來，媳婦目瞪口呆。

「這是貂皮大衣，媽媽！」

「……」

「眞羨慕您啊，媽媽，有個爽快給您買昂貴衣服的女兒。我連條狐皮圍巾都沒給我媽媽買過呢。貂皮大衣都是代代相傳的，等您去世以後留給我吧。」

「這是媽媽第一次要我給她買東西！嫂子怎麼可以這樣！」

小女兒氣呼呼地對媳婦喊道。我這才明白，爲什麼女兒一遍又一遍地看標籤，又不停地看我。那時候，小女兒剛大學畢業，還在醫院的藥師室裡工作。從首爾回來，我拿著貂皮大衣去了鎮上的小型百貨公司，打聽這件衣服值多少錢。聽了小姐的回答，我當場就愣住了。沒想到一件衣服會這麼貴！我打電話要小女兒把衣服退掉。小女兒說：「媽媽，您有資格穿這樣的衣服，就穿吧。」

我們這裡冬天也不是很冷，幾乎沒有要穿貂皮大衣的時候。有時候連續三年都沒穿。每當心情不好的時候，我就打開櫃子，把臉貼在貂皮大衣上面，心裡想著，等我死了，這件衣服要留給小女兒。

別看現在上凍了，到了春天，緊貼圍牆的花田附近又會熱鬧起來。鄰居家的梨樹鮮花盛開，不久後就會紛紛凋零。開滿淺色小花的薔薇藤歡呼著冒出刺來。一場春雨過後，圍牆下面的小草忽然變得鬱鬱蔥蔥。我在鎮上的小橋底下買回三十隻小鴨子，放在院子裡。小鴨子跑進花田，把花兒踩在腳下。母雞孵出小雞後，雞鴨混合，分不清哪些是鴨子，哪些是小雞。因為有了它們，春天的院落顯得分外熱鬧。女兒說，如果在花根底下施肥，就會開出更多的花。於是，她開始挖掘玫瑰花下的土地。挖著挖著，突然看見了在泥裡蠕動的蚯蚓，嚇得她扔掉鋤頭跑回了房間。結果，一隻小雞被女兒扔掉的鋤頭砸死了。夏天，雷陣雨來了，院子裡走來走去的雞、鴨、狗分別跑到了雞窩、牆邊和門廊下面，捲起陣陣的泥土芳香。突如其來的雨點不時揚起幾顆塵土。晚秋的夜裡，清風吹拂，旁邊院子裡的柿子樹葉簌簌飄落，紛紛揚揚。這時候，整夜都能聽見落葉拂過庭院的聲音。下雪的冬夜，如果有風吹過，堆積在院子裡的雪就會湧上門廊。

有人推開大門，啊！是大姑！

她是孩子們的大姑，我的大姊，可是我從來沒叫過她姊姊。因爲她不像姊姊，倒像是我的婆婆。又是下雪，又是颳風，大姑過來看看我們家的情況。我還以爲沒有人會管我們家的事，忘記了大姑的存在。可是，大姑的腿怎麼瘸了？她曾是那麼健康、俐落的人啊。看來大姑也老了。路上有積雪，走路要小心啊。

「有人嗎？」

她的聲音還是那麼鏗鏘有力。

「沒人嗎？」

看來她明明知道家裡沒人，還故意這麼問。沒等我回答，大姑就坐在了門廊的邊上。

她怎麼穿得那麼少呢？這樣會感冒的。她在沉思什麼？好像丟了魂，直直地盯著院子裡的雪。

「怎麼感覺有人來過似的……」

她簡直是料事如神啊。

「這麼冷的天，也不知道去了哪兒。」

大姑是在說我嗎？

「夏天過完了，秋天過完了，轉眼到了冬天……眞沒想到你是這麼無情的人。這個家沒有你怎麼行呢……沒有了你，這個家就變成了空殼。穿著夏天衣服出門的人，到了冬天還不回來……不會已經去了那個世界吧？」

沒有，我還在到處遊蕩。

「世上最可憐的就是客死他鄉的人了……打起精神，快點兒回來吧。」

哭了嗎？

大姑細長的眼睛望著灰色的天空。她的眼睛濕潤了。這樣看來，大姑的眼睛並不可怕。從前我眞的感覺大姑很可怕，坦白說，有時我不敢正視她的臉孔，只是想避開她的眼睛。眞希望大姑永遠精神抖擻。她垂著肩膀坐在門廊上，感覺像是換了個人似的。有生之年從沒聽大姑跟我說過一句好話，現在為什麼要看到她這副樣子？看著大姑柔弱的樣子，我的心裡也不舒服。我對大姑的感情不僅只是敬畏。有時遇到棘手的問題，我會想，如果換成大姑，她會怎麼辦？如果是大姑，也許會這麼做，然後我會按照這個思路做出選擇。大姑是我的榜樣。我也有自己的性格，世界上所有的關係都由雙方共同形成，而不是決定於某一方。以後還需要大姑常來照顧孤零零的亨哲父親。我的心裡也不好受，不過有大姑在亨哲父親身邊，我還是感覺好多了。我活著的時候就知道大姑有多麼依賴亨哲父親，因此不會吃味，也不會傷心。我把你當成家裡令人敬畏的長輩，感覺你像婆婆，甚至連「姊姊」都叫不出口。

大姑，我不想去幾年前修在山上的祖墳。我不想去那兒。住在這個家裡的時候，每當從恍惚中甦醒，我就獨自去祖墳。因為那是我死後要去的地方，我想先培養感情。那裡陽光很美，我也喜歡那棵歪歪扭扭的松樹，然而我真的不想在死後仍做這個家的鬼。有時候我哼著歌，放鬆心情，坐在墳前拔草，直到太陽落山。可是直到現在，我對那兒還是沒有感情。我已經在這個家裡生活了五十年，現在請放了我吧。當時修建祖墳的時候，你說讓我住在你的下面。當時我就想，哎，死了還要聽你的話。現在，我想起了這句話。大姑，不要難過，雖然我也是想了很久，但是並沒有想得太複雜。我只想回到自己的家，我要回去休息了。

儲藏間的門敞開著。

猛烈的風彷彿要把門粉碎。我常坐的平板木床上結了冰。我糊裡糊塗地坐上平板床，不小心滑落下來。大女兒常在這個儲藏間裡讀書，還要忍受跳蚤的叮咬。兩邊是豬圈和茅房，女兒常常拿著書躲進儲藏間裡。這些我都知道。但我沒有去找過她。哥哥問妹妹去了哪兒，我總說不知道。我喜歡女兒讀書時的樣子，不想打擾。搭在豬圈上面的木板上堆放著稻草。母雞在角落裡抱著引蛋下蛋。女兒坐在中間的稻草上，坐在生出跳蚤的地方，蘸著口水翻書，誰能找到她？哥哥推開房門、推開廚房門找她，她都聽見了，卻仍然藏在裡面讀書。這究竟是怎樣的樂趣啊？母雞又是多麼吹毛求疵。聽見女兒翻書的聲音，趴在豬窩上面的稻草裡抱著引蛋的母雞流露出了不耐煩。如果不放引蛋，母雞就不下蛋。聽到儲藏間裡傳來女兒翻書的沙沙聲，母雞叫了起來。女兒曾經因此被哥哥發現了。旁邊是咿咿直叫的豬，上面是下蛋的母雞，儲藏間裡還放著鎬頭、鐵耙、鐵鍬等各式各樣的農具，以及稻草，大女兒在裡面讀的究竟是什麼書呢？冬天，全家人穿的鞋都放在門廊下面。到了春天，生下小狗的母狗常常咆哮著躺在那裡。有時，我們能聽見水滴從屋簷落下的聲音。

那麼乖巧的狗，怎麼生了小狗就變得那麼凶呢？除了家人，誰都不能靠近。是的，每當家裡的母狗生小狗的時候，亨哲就會把時常寫在藍色大門上的「小心狗咬」幾個字塗得顏色更重些。母狗吃過晚飯睡覺的時候，我從門廊下面抱出一隻小狗，放在籃子裡，用布蓋好，然後再用手掌遮住可能是眼睛的地方，送到大姑家。

「本來就已經很黑了，爲什麼還要遮住眼睛？媽媽？」

小女兒跟在身後問道。我說，如果不這樣，小狗會自己找回家來。小女兒還是流露出不解的神色。

「這麼黑，小狗還能找回家？」

「是的，別看天這麼黑，牠還是能找回來！」

得知小狗不見了，母狗痛苦不堪，連飯也不肯吃了。母狗要吃東西才能有奶，小狗才能長大。否則，小狗會死的。我不得不再去抱回蒙著眼睛帶走的小狗，放在母狗的乳房下面。這樣母狗才肯吃東西。母狗就住在門廊下面。

啊，這些記憶就像春筍，毫無頭緒地冒了出來，不知道什麼時候才能停止。曾經遺忘的往事紛紛湧上心頭。倒扣在廚房層板上的飯碗和大大小小的缸，以及通往閣樓的狹窄木梯，長在土牆下面、沿著圍牆蔓延的南瓜藤。

不要讓我們的家凍成這個樣子。

如果覺得吃力，就讓二媳婦幫忙。即便不是自己家，即便是租來的房子，她也會用心裝飾。她這個人眼明手快，做事認眞，而且很有人情味。雖然她也上班，但是從來不找人幫忙，家裡收拾得窗明几淨。如果打掃這個家有困難，那就告訴二媳婦吧。只要她動手，陳舊的東西也能煥然一新。你應該也看見了。住在開發區的磚房時，連房東都對房子失去興趣了，然而她卻親自用水泥修補。住在房子裡的人不一樣，房子的結局也不一樣，有的會變得溫情洋溢，有的卻變得狼狽不堪。每到春天，她都幫我們在院子裡種幾株花，打掃門廊，還幫我們修補被雪壓塌的房頂。

亨哲的父親，幾年前你喝醉酒的時候，有人問你住在哪裡，你說是驛村洞。亨哲家搬離驛村洞已經二十多年了。我記憶中的驛村洞也變得模糊了。你是個不太喜形於色的人，亨哲在首爾驛村洞買下第一棟房子的時候，你依然沉默無言，其實你的心裡比誰都自豪。因此，喝醉酒的時候，你忘記了自己的家，竟然說出了那個每年最多去三、四次，而且每次都像客人似的住上一天、最多兩天的家。希望你也喜歡我們這個家。即使不用重新播種，院子角落和後院裡每年也會盛開各種小花。美麗過後，兀自凋落。庭院、門廊、儲藏間、後院，都在經歷著生老病死。晾衣繩上不時飛來幾隻小鳥，流連嬉戲，彷彿牠們是會說話的衣服。房子似乎和住在裡面的人越來越像了。要不然我們家的鴨子怎麼會成群結隊在院子裡昂首闊步，隨處下蛋？要不然我怎麼會清楚地想起陽光明媚的日子，我用盤子裝著蘿蔔乾或者煮熟的山芋，放在圍牆上面？要不然，女兒擦得乾乾淨淨的白色運動鞋晾在太陽下的畫面怎麼會在眼前若隱若現？大女兒喜歡看映在井水裡的藍天。托腮坐在井邊的女兒彷彿近在眼前。

多保重……我要離開這個家了。

今年夏天，我被獨自丟在地鐵站的時候，只能想起三歲那年的事。我忘記了一切，只能漫無目的地走著。因爲我連自己是誰都不知道了。我走啊走，眼前蒼白，三歲時玩耍的庭院清晰地浮現在眼前。時而出去挖金礦，或挖煤礦的父親回到了家。我盡情地遊走，走過大樓，走過草叢山坡，走過足球場。我要去的地方在哪裡呢？難道是三歲時玩過的庭院？父親回來以後，每天早晨都要走上十公里去新建的車站工作。父親出了什麼事？究竟是什麼事故讓父親走了？村裡人告訴媽媽父親出事的消息，三歲的我在院子裡蹦蹦跳跳地玩耍。媽媽臉色蠟黃，在別人的攙扶下踉踉蹌蹌地走向父親出事的地方。我一邊看著媽媽，一邊繼續笑啊、玩啊。走過我身邊的人說：「連爸爸死了都不知道，還在笑呢，眞是個不懂事的傻孩子。」說著還打了我的屁股。

帶著回憶，我走啊走，直到筋疲力盡，頹然坐在路邊。

就在那兒。

媽媽坐在門廊上。那棟黑暗的房子就是我出生的地方。

媽媽抬頭看我。我出生的時候，奶奶做了個夢。夢見一頭母牛正舒展膝蓋伸懶腰，黃色的牛毛潤澤光亮。母牛努力站起，正在這時，我出生了。奶奶說這個孩子肯定精力旺盛，今後一定會給家裡帶來笑聲，囑咐媽媽把我養好。媽媽看了看我被藍色拖鞋磨破的腳背。我的腳背上出現了深深的傷口，露出了骨頭。媽媽的臉頰因爲悲傷而扭曲了。那張臉和我生下死胎時，映在衣櫃鏡子裡的神情一模一樣。

我的孩子，媽媽伸開雙臂。彷彿媽媽擁抱的是剛剛死去的孩子，手臂伸進了我的腋

窩。媽媽脫去我的藍拖鞋，把我的雙腳放上她的膝蓋。媽媽沒有笑，也沒有哭。媽媽，你知道嗎？我也一樣，這一生都需要媽媽。

尾聲

玫瑰念珠

媽媽失蹤的第九個月。

你來到了義大利。你坐在可以俯視梵蒂岡聖彼得廣場的大理石台階上，望著來自埃及的方尖碑。額頭滲著汗珠的導遊大聲喊著：「請到這邊來！」帶著遊客來到了滾動著巨大松球的陰涼台階。這裡的博物館和教堂裡面不准高聲講解，進入博物館之前，導遊要把重要部分講解給大家聽。「我會發給每個人耳機，大家聽耳機就好了。」你只是接過耳機，並不想聽。「如果耳機裡沒有聲音，表示你們離我太遠，訊息接收不到。人太多，我不能一一照顧，請大家務必在訊息接收的範圍內活動，我才能爲大家做導覽講解。」你把耳機掛在脖子上，去廁所洗手了。你無所顧忌地站起身來，徑直走向廁所。大家都注視著你的背影。你在廁所洗了手，打開包包，正要拿出手帕擦手的時候，你發現放在包包裡的信。你靜靜地看著。三天前，你跟著男友離開首爾的時候，從信箱裡拿出了這封信。你拉著行李箱，讀著寄信人位置上的名字。長這麼大了，這是妹妹第一次寫信給你。不是電子郵件，而是用手寫的書信。你猶豫著要不要拆開，最後還是把信塞進了包包。如果看了這封信，說不定就不能跟著他上飛機了。你從廁所出來，回到了隊伍裡。你沒有戴上耳機，而是拿出妹妹的信，遲疑片刻，終於拆開了信封。

姊姊，

我從美國回來到媽媽家的時候，媽媽送給我一棵膝蓋高的小柿子樹。我去媽媽家收拾自己的東西。媽媽倒在儲藏間裡，那裡堆放著我的瓦斯爐、冰箱和餐桌。媽媽伸展四肢躺在那裡。平時餵養的小貓圍坐在媽媽身邊。我連忙搖著媽媽，媽媽清醒過來，痛苦地睜開眼睛，對我笑了。我的小女兒回來了！媽媽說她沒事。現在回想起來，當時媽媽已經昏迷不醒，卻仍然堅持說自己沒事。她說她走進儲藏間，想找點東西餵小貓。我放在家裡的東西，媽媽保存得完好無損。就連去美國之前留給媽媽用的手套也原封不動地放在儲藏間裡。拜拜時可以用的輕便式瓦斯爐，媽媽猶豫了很久，最後還是沒有用。「爲什麼不用呢？」我問。媽媽說：「我想等你回來的時候，原封不動地還給你。」

東西都裝上車的時候，媽媽從醬缸台上拿來一棵柿子樹，神情歉疚地遞給我。樹根還帶著泥土，包在塑膠袋裡。看過我新家的院子之後，媽媽特意買了這棵柿子樹給我。說實話，我本不想帶。那麼小，什麼時候能結柿子啊？雖然家裡有院子，但那畢竟不是自己的房子，我擔心有人會干涉種樹的事，甚至覺得有些麻煩。媽媽看透了我的心思，說道，「很快就會結柿子的。七十年也只在轉眼間。」

我還是不想帶，媽媽又對我說：「等我死了，你在摘柿子的時候可以想起我。」

媽媽動不動就說等我死了……從很久以前，這句話就是媽媽的武器。每當子女不順她心意的時候，這句話就成爲媽媽唯一的武器。不知從何時開始，只要稍不如意，媽媽就說：「那就等我死了再說。」我帶著不知是死是活的柿子樹回了家，就像媽媽囑咐的那樣，按照媽媽做的標記埋下了樹根。後來，媽媽來首爾的時候，說柿子樹和圍牆貼得太緊了，要我等到春天再挪個地方。春天剛到，媽媽就問我有沒有給柿子樹挪挪位置。明明沒挪，我卻告訴媽媽說，有，已經挪了。秋天媽媽再來的時候，罵我太懶，叮嚀我明年春天務必要挪柿子樹。媽媽所指的正是我打算有錢以後買下這棟房子用來種大樹的位置。我從來沒想過要把這棵只有三、四根樹枝，高不及腰的小樹種在那兒。我還是回答說，好的。春天到了，媽媽每隔幾天就打電話問我，挪了沒有。我說，等天氣再暖和點兒。姊姊，我昨天才背著孩子，坐計程車到西五陵買了肥料。

我在媽媽說的地方挖了洞，把柿子樹挪了過去。媽媽送我的柿子樹被我緊貼圍牆種下了，卻從來沒有仔細想過，昨天挪柿子樹的時候才恍然大悟。剛拿來時，別提柿子樹根有多輕了，我甚至懷疑它能不能在地下扎根。但是昨天挪動柿子樹的時候，我發現它的根已經深深扎進了地裡。即使土壤貧瘠，它也努力扎根，頑強存活，這樣的生命力讓我爲之驚嘆。媽媽送給我那麼小的柿子樹，是不是想讓我看它的根深葉茂？若想收穫果實，就要精心照料。也許只是因爲媽媽沒錢買大樹吧。我第一次對那棵柿子樹產生了感情。這棵樹眞的能結出豐碩的果實嗎？現在，懷疑消失了。我想起媽媽說過的話：「等我死了，你在摘柿子的時候可以想起我。」

姊姊上次要我說說關於媽媽的回憶。我說我不了解媽媽，只知道媽媽失蹤了。現在也還是這樣，尤其是不了解媽媽的力量究竟來自何方。你想想，媽媽做過的事情普通人做不了。那些看似無能爲力的事情，媽媽全都做到了。然而在這個過程中，媽媽被徹底掏空了，最後變成了連自己孩子的家都找不到的人。

媽媽不見了，而我每天還是要給孩子們做飯、餵飯、梳頭，送他們上學，不能到處找媽媽。我感覺自己好陌生。姊姊說我不同於當今的年輕媽媽，很特別。姊姊，儘管我不能全盤否認，然而我確實做不到像媽媽那樣。自從媽媽失蹤以後，我常常這樣想：我在媽媽眼裡是個好女兒嗎？我對自己的孩子能像媽媽對我那樣嗎？我只知道，我不能像媽媽那樣。我做不到。我餵孩子吃飯的時候常常不耐煩，感覺孩子束縛了我的腳步。有時甚至會產生被拖累的想法。我很愛我的孩子，也爲此讚嘆，常常感到無比新奇，這些孩子眞是我生的嗎？但是，我不可能像媽媽那樣把自己的全部人生奉獻給子女。看似我也可以爲孩子們付出全部，然而我絕對做不到像媽媽那樣。我希望老三快點長大。我常常覺得人生因爲孩子而停滯了。等老三再長大些，我想把他送到托兒所，或者請人幫忙照顧，然後去開展自己的事業。是的，我也有我的人生。每當意識到自己有這種念頭的時候，我就會想起媽媽。

媽媽是怎麼做到的呢？我眞的感覺自己不了解媽媽。假如媽媽一生只能爲我們是迫不得已，我們憑什麼認爲媽媽從出生就注定是當媽媽的人呢？我也做了媽媽，卻依然有那麼多夢想。我記得自己的童年時光，記得我的少女時代和青春年華，然而爲什麼竟然覺得媽媽天生就該做媽媽呢？媽媽沒有機會去實現自己的夢想，手裡握著時代交給她最糟糕的牌，不得不獨自對抗貧窮、悲傷，而且還必須戰勝。儘管這樣，媽媽還是盡其所能地奉獻自己。我爲什麼從來沒有考慮過媽媽的夢想呢？

姊姊。

我眞想把頭埋進移栽柿子樹的洞裡。我做不到媽媽那樣。那麼媽媽呢？她願意這樣生活嗎？媽媽在身邊的時候，我爲什麼從來沒想過這些？我是她的女兒，卻不能理解她，那麼面對別人的時候，媽媽該有多孤獨？只能在無人理解的情況下默默犧牲，人世間怎麼會有如此不公平的事情？

姊姊，我們還有機會守在媽媽身邊嗎？哪怕只有一天也好啊。理解媽媽，聽媽媽說話，安慰她埋沒於歲月的夢想，陪伴在媽媽身邊，這樣的時間還會再來嗎？哪怕不是一天，哪怕只有幾個小時，我也會告訴媽媽：我熱愛和敬佩媽媽所做的一切，我熱愛和敬佩能夠做到這一切的媽媽，我熱愛和敬佩無人記得的媽媽的一生。

姊姊，千萬不要放棄媽媽，一定要把媽媽找回來。

妹妹沒寫問候語，也沒有寫日期，看來是寫不下去了。妹妹好像哭了，信紙上留下了圓形的淚痕。你呆呆地看著泛黃的淚痕，然後摺好信，放回包包裡。妹妹寫這封信的時候，也許正在桌子底下撿東西吃的孩子走上前來，抓住媽媽的屁股，模模糊糊地說：「熊媽媽……」也許妹妹臉色陰沉地瞪著孩子的眼睛，最後還是配合他說：「好苗條！」孩子不理解媽媽的心思，說不定還會眉開眼笑呢。剛剛學會說話的孩子繼續唸著兒歌，「熊爸爸……」等待媽媽接下去。也許妹妹含著淚，配合孩子說：「胖嘟嘟。」而無法寫完最後的問候語。說不定孩子抓著妹妹的腿向上爬，不小心摔到地板上，磕破了額頭。說不定孩子哭得上氣不接下氣。看到孩子細薄的皮膚上出現了鐵青色的傷疤，妹妹忍耐已久的眼淚終於奪眶而出。

你摺好信，放回包包裡，導遊急促而激情的聲音在耳邊迴響。「這座博物館最精采的部分，就是我們最後要看到的，畫在西斯丁教堂天花板上的《創世記》。米開朗基羅花了四年時間，懸在房梁上畫壁畫，後來視力減弱，看不見文字了。繪畫也只有在外面才能看到。壁畫是用石灰完成的工作，必須趕在石灰乾燥之前完成。這是需要一個月才能完成的工作，卻必須在一天之內完成，否則石灰就會變硬，那就只能重新開始。連續四年懸在天花板上畫畫，臉孔扭曲似乎也是理所當然的了。」

登機之前，你在機場做的最後一件事是打電話給父親。媽媽失蹤之後，你的父親往返首爾和鄉下老家之間。春天來了，他又回鄉下了。每天早晨或傍晚，你都會給父親打電話。電話鈴剛響一聲，父親就迫不及待地接起了電話。還沒等你說話，父親就叫出了你的名字。從前，接電話都是媽媽的事。媽媽在門前的花壇裡拔草，聽見房間裡電話鈴響，就對父親說：「接電話吧，是智憲！」怎麼能光憑電話鈴聲就知道是誰打來的電話呢？你問媽媽。媽媽搖著頭說：「哎……一聽就知道。」媽媽不在了，父親獨自住在空蕩蕩的家裡，也能聽出電話鈴聲了。你在羅馬想打電話，但是因爲有時差，若想在父親醒著的時間打電話，還需要格外費心，說不定短時間之內都不能打電話了。於是，你趕在上飛機前打了電話給父親。也不知道父親有沒有聽見你說話，他突然說應該讓媽媽做鼻竇炎手術。

「媽媽鼻子不舒服嗎？」

你的聲音很低沉。父親說每到換季的時候，媽媽就咳得睡不著。「都是因爲我，」父親說，「因爲我，你媽媽沒有精力照顧自己的身體。」要是在平時，你也許會說：父親，這不是誰的錯。那一天，從你口中說出來的卻是另外的話，「是啊，是因爲照顧您……」話筒那頭的父親突然屏住了呼吸。父親不知道你是在機場打電話。

「智憲呀……」

過了一會兒，話筒那頭的父親叫了你的名字。

「父親。」

「我做夢都夢不到你媽媽。」

「……」

沉默片刻，父親馬上又說起了從前的事。有一天，哥哥寄回一條帶魚，媽媽要煎著吃。她從山地裡拔回帶著青纓的蘿蔔，甩掉根部的泥土，用刀削了皮，切成大塊，鋪在鍋底，放入各種調料，煎成紅色。媽媽剝下肥嫩的帶魚肉，放在白米飯上面。早上煎好帶魚，午飯時還是每人一塊，吃飽以後，父親和媽媽躺在房間裡睡午覺。說到這裡，父親輕聲抽泣起來。他說當時不知道這就是幸福。他說：「我對不起你媽媽。她總是問我身體有沒有不舒服。」是的，父親常常不在家，即使在家的時候，身體也常常不舒服。父親大概對此感到內疚，衰老的他哭得更劇烈了。

「我生病的時候，你媽媽的身體好像也不舒服了。」

難道媽媽是因為父親生病而不能說出自己生病的事嗎？因為家人，媽媽是不能生病的。五十歲以後，父親開始服用降血壓藥，關節痲木，還患了白內障。就在失去媽媽之前，父親還連續做了好幾次膝蓋手術。因爲小便不順，父親做了前列腺手術。他因爲心肌梗塞而暈倒，一年住了三次院。有時半個月就出院，有時則要一個月。每次媽媽都睡在醫院裡。雖然請了看護，夜裡還是要媽媽親自照料。看護睡在醫院的時候，父親深更半夜把自己關在廁所裡，不肯出來。父親突如其來的舉動讓看護不知所措，只好打電話給住在哥哥家的媽媽。媽媽連夜趕到醫院，安慰不肯走出廁所的父親。

「亨哲父親，是我，快開門，是我。」

別人怎麼說都不肯開門的父親，聽到媽媽的聲音立刻打開了門。父親蹲在馬桶旁。媽媽扶著父親出來，讓他躺回病床。父親靜靜地看了看媽媽，終於睡著了。父親說他不記得這件事了。第二天你問他爲什麼要這樣，父親反問：「我有這樣嗎？」說完，父親閉上眼睛，生怕你繼續追問。

「媽媽也需要休息啊，父親。」

父親翻過身去。你知道，父親假裝睡著，其實是在偷聽你和媽媽說話。媽媽說父親是因爲害怕才這樣。睡在醫院裡，突然醒來，發現陌生人陪在自己身邊，家人都不在場，不知道這是什麼地方，因此感到恐懼。

「有什麼好怕的？」

你氣呼呼地說道。父親應該聽見了你的聲音。

「你什麼也不怕嗎？」

媽媽悄悄地瞥了父親一眼，壓低聲音說道。

「你父親說我偶爾也會這樣。有時候睡著睡著發現我不在，他就起來找我，結果發現我藏在儲藏間，或井後邊，一直揮手，焦急地說：『不要對我這樣……』全身還不停的發抖。」

「媽媽，你也有過這樣的時候嗎？」

「我怎麼記得啊。你父親帶著我回到房間，讓我躺下，餵我喝水，我才能重新入睡。我有這樣的時候，你父親應該也有害怕的時候。」

「害怕什麼？」

媽媽含含糊糊地說：「一天天活著就會怕。最可怕的還是沒有糧食的時候，想到你們幾個要餓肚子……我簡直是憂心如焚啊。這樣的日子的確有過。」

父親從來沒有跟家人提過媽媽這些事，包括你在內。媽媽失蹤之後，父親獨自住在鄉下的家裡。你每次給父親打電話的時候，父親生怕你先掛斷電話，於是毫無頭緒地講起了從前的事情。即便是這樣，他也從來沒有說過媽媽睡著睡著突然躲起來的事。

你看了看手表，上午十點。父親起床了嗎？吃過早飯了嗎？

今天早上六點鐘，你在特米尼火車站旁的飯店裡醒來。失去媽媽之後，你的身體和內心都充滿了沉入水底般的絕望。你想起床的時候，原本背對著你睡覺的他翻過身來，想要抱你。你靜靜地挪開他的手臂，放在床上。遭到拒絕的他把手臂挪到額頭，說道，「再睡會兒吧。」

「我睡不著。」

他從額頭上放下手來，翻過身去。你呆呆地望著他結實的後背，伸手摸了摸。自從媽媽走失之後，你從來沒有溫柔地抱過這個男人。

為了尋找媽媽，你們家人都疲憊不堪了。每次見面的時候，常常會突然陷入深深的沉默，然後就會出現挑釁的舉動。奪門而出，或者往啤酒杯裡倒上白酒，一飲而盡。你們努力擺脫隨時隨地都會湧上心頭的關於媽媽的回憶，然而你們所有的人都在想著同樣的事情，真的好希望媽媽也在場，或者媽媽在電話那頭說，是我！媽媽經常說，是我！自從媽媽失蹤以後，你們家人不管談論什麼話題，都無法持續十分鐘。無論想什麼，關於「媽媽下落何方」的疑問總會不安地滲透進來。

「今天我想一個人。」

他背對著你，答應了你的要求。

「一個人做什麼？」

「我想去聖彼得教堂。昨天在飯店大廳等你的時候，聽說今天有參觀梵蒂岡的活動，時間只有一天，我報了名。現在我要準備出發了。七點二十分在大廳集合。如果九點之前不能到達，那就要排兩個小時才能進去了。」

「明天和我一起去吧。」

「這裡是羅馬，以後陪你去的地方多著呢。」

爲了不打擾他睡覺，你靜靜地刷牙。你想洗頭，卻又擔心水聲會吵到他，於是照著鏡子向後綁起了頭髮。你換好衣服，剛要走出房間，突然想起了什麼，對他說：「謝謝你帶我來這裡。」

他拉過床單，蒙住了臉。現在，他的忍耐已經達到了極限。你也知道。他向這裡的朋友介紹說，你是他的妻子。的確，如果找到媽媽，現在你已經是他的妻子了。今天上午的學術研討會結束後，他要和另外幾對夫婦共進午餐。到時候他們肯定會問：「你的妻子去哪兒了？」你靜靜地看了看用床單蒙住臉的他，轉身走出了房間。媽媽丟了以後，你常常心血來潮，做出些出乎意料的舉動。你心血來潮去喝酒，走著走著突然搭上去鄉下老家的火車。不管是深夜，還是黎明，你面朝天花板躺在大樓裡，突然急匆匆地衝到首爾街頭，到處張貼尋人啓事。你魯莽地衝進派出所，吵著要員警幫你找媽媽。爸爸接到電話，來了派出所，呆呆地望著你。不知從什麼時候開始，哥哥已經接受了媽媽不在的現實，重新出入高爾夫球場。你對哥哥也衝動地大喊：「你把媽媽給我找回來！」

你的吶喊裡夾雜著對其他認識媽媽的人們的抗議，還有對自己弄丟媽媽的憎惡。你對哥哥近乎攻擊的叫喊越來越頻繁，哥哥也默默地接受了。

「怎麼能這樣呢？」

「……」

「爲什麼不找媽媽了？爲什麼！爲什麼！」

陪著你在黑夜的街頭徘徊，這是哥哥能做的全部。去年冬天，你穿著從鄉下家中的衣櫃裡翻出的貂皮大衣，偶爾搭在手臂上，漫無目的地遊蕩在城市的黑暗地鐵通道裡。假如遇見身穿夏裝的媽媽，你要給她穿上貂皮大衣。你拿著貂皮大衣穿梭在用報紙或速食麵紙箱當被子的露宿者之間，你的身影映在高樓大廈的大理石上面。僅此而已。你總是開著手機，然而現在已經沒有人打電話說看見和媽媽相似的人了。有一天，你去媽媽失蹤的地鐵站，意外地看到了呆立的哥哥。你們兄妹倆坐在地鐵站裡，看著地鐵來來往往，直到末班列車出發。哥哥說，原本以爲只要坐在這裡，媽媽就會拍拍他的肩膀，叫一聲：「亨哲！」現在，他已經不再抱有這樣的希望了。他說他的腦子裡只有空白，什麼也想不起來，只是在下班後不想回家的時候，就到這裡來看看。

某個休息天，你跑去找哥哥，看見他拿著高爾夫球桿下了車，你厲聲嘶吼，「混蛋！——」那天你鬧得很厲害。如果連哥哥都接受了媽媽失蹤的事實，那還有誰去找媽媽呢？你奪過哥哥的高爾夫球桿，扔在地上。每個人，都漸漸地變成了沒有媽媽的兒子、女兒和沒有妻子的丈夫。即使沒有了媽媽，生活仍然在繼續。有一天早晨，你又去了媽媽失蹤的地方，結果再次遇上了哥哥。你從背後抱住了站在晨光中的哥哥。哥哥說：「我們總覺得媽媽的一生只有痛苦和犧牲，也許這只是我們自己的想法。我們總覺得媽媽悲傷，也許只是出於愧疚。我們這樣想，其實是小看了媽媽，以爲媽媽的生命無足輕重。」哥哥竟然想起了媽媽常常掛在嘴邊的那些話。遇到開心事的時候，媽媽就說：「謝謝！太感謝了！」媽媽用感激之情代替每個人都能體會到的瑣碎快樂。懂得感激的人，她的人生怎麼會不幸呢？

分開的時候，哥哥說很害怕，害怕即使媽媽回來也認不出自己了。你說，對媽媽來說，這個世界上最重要的人就是哥哥了。無論哥哥在哪裡，無論哥哥變成什麼樣，媽媽都能認出來。哥哥當兵進駐訓練所的時候，曾經邀請父母到訓練所參觀。媽媽蒸了發糕，頂在頭上，帶著你去找哥哥。幾百人穿著一模一樣的衣服練跆拳道，媽媽卻從那些人中間認出了哥哥。在你看來，那些人都一樣。突然媽媽笑顏逐開，指著哥哥對你說：「你哥哥在那裡！」你和哥哥很久沒有這樣心平氣和地談論媽媽了，然而到了最後，你又提高嗓門質問哥哥，爲什麼不再尋找媽媽了。你對哥哥嚷嚷，好像生怕永遠也找不到媽媽似的！「怎麼找？究竟應該怎麼找？」哥哥喊著，解開了穿在西服裡面的白襯衫。再到後來，哥哥當著你的面流下了眼淚。從那之後，哥哥不再接你的電話了。

直到媽媽失蹤以後，你才意識到媽媽的故事已經在你的靈魂深處扎根了。媽媽日復一日的生活，還有媽媽說過的瑣碎的話語，媽媽在身邊的時候，你從來沒有多想，有時甚至感覺媽媽的話根本不必當眞。現在，這一切都在你心裡復活，掀起了狂瀾。你忽然明白了，即使在戰爭之後，即使在勉強餬口之後，媽媽的地位也從來沒有改變。家人們久別重逢，陪著父親圍坐在飯桌旁談論總統選舉的時候，媽媽依然在做飯、洗碗、洗抹布。甚至連修理大門、房頂和門廊也是媽媽的事。媽媽每天不停地重複這些瑣事，家人不但不幫忙，甚至連你也覺得這些事情理所當然應該由媽媽去做。有時眞像哥哥說的那樣，你們以爲媽媽的人生充滿了失望。媽媽這輩子從來都沒有碰上好時候，卻總是努力留下最好的給你。在你孤獨的時候，給你安慰的人也是媽媽。

市政府前的銀杏冒出了指甲大小的新芽，你蹲坐在通往三清洞路邊的大樹下。媽媽不在了，春天還是如約而來。大地解凍了，世界上所有的樹木都恢復了生機。從前支撐你的信念，一定能找到媽媽的信心漸漸瓦解了。**媽媽不見了，夏天依舊會來，秋天也會來，冬天也不例外。我也要在這中間過活。**空蕩蕩的廢墟呈現在你的眼前。一個失蹤的女人，穿著藍色的拖鞋，步履蹣跚。

你沒有告訴家人，就跟著要去羅馬參加學術研討會的他出發了。雖然是他邀你同行，但是沒想到你眞的會答應。當你說要和他一起上路的時候，他有點慌張，還認眞詢問了因爲你的同行而需要變更的事項。直到出發前一天，他還打電話問你，「沒有改變主意吧？」搭上飛往羅馬的航班，你第一次想到，也許媽媽的夢想就是成爲旅行家。儘管媽媽常常滿懷憂慮地對你說：「不要再坐飛機了。」然而當你從某個地方回來的時候，媽媽總會詳細打聽你去過的地方。中國人穿什麼樣的衣服？印第安人怎麼背孩子？日本最好吃的東西是什麼？媽媽的問題不絕於耳。中國男人常常在夏天裸著上身，秘魯的印第安女人用網兜裝著孩子。日本的食物太甜了。你的回答總是這樣簡單。如果媽媽繼續追問，你就不耐煩了，「媽媽，以後我再說給你聽。」後來，你們母女倆就再也沒有機會談論這些了。因爲你面前總是堆積著其他的事情。你倚靠著飛機座椅，深深地嘆了口氣。是媽媽勸你到遙遠的地方生活，也是媽媽第一次把你送到了距離出生地最遠的城市。你痛苦地想到這樣的事實，當年的媽媽，送你進城後，搭夜班火車回鄉下的媽媽，她與現在的你同齡。一個女人，忘記了出生時的喜悅，忘記了童年和少女時代的夢想，連月經都還沒來，就早早結婚，之後接連生了五個孩子。隨著孩子們的成長，這個女人漸漸消失了。爲了孩子，她無所畏懼，從不動搖。她的一生都在爲家人犧牲，最後卻失蹤了。你拿自己和媽媽比較。媽媽就是世界。如果換成是媽媽，她絕對不會像你現在這樣，爲了躲避恐懼而逃跑。

整個羅馬就是巨大的古蹟。你聽說過很多關於羅馬的負面流言：鐵路動不動就罷工，對乘客毫無歉意；光天化日之下拉住別人的手腕，摘下手表；黑暗的街頭齷齪不堪，到處都是塗鴉的痕跡和垃圾。你好像對這些都不在意。計程車司機漫天要價，有人拿走了你剛剛摘下來的太陽眼鏡，你也只是靜靜地觀看。儘管這樣，前三天他參加學術研討會的時候，你還是獨自尋找羅馬街頭隨處可見的廢墟。古羅馬市集廢墟、羅馬競技場、卡拉卡拉浴場、聖熱內羅地下墓穴，你呆立在大都市的遼闊廢墟裡。羅馬是文明的象徵，每個地方都保留著古老歲月的痕跡，然而你對這些視而不見。現在也是這樣，你的視線轉向排列在圓形廣場裡面彷彿被什麼東西包圍著的聖像。你的目光並沒有在上面逗留。導遊解釋說，梵蒂岡既是世俗的國家，又是神靈的國度。雖然領土面積只有四十四公頃，卻是獨立國家，獨立發行貨幣和郵票。你不想聽導遊的說明。你的雙眼在人群裡遊走。只要看見幾個人成群，你的目光就在他們之間不安地閃爍。「我媽媽會不會也在其中呢？」你當然知道失蹤的媽媽不可能出現在西方遊客中間，但是你的目光仍然四處逡巡。曾在這裡學了七年聲樂的導遊和你目光相遇。你有點兒尷尬，連忙抓住耳機戴了起來。**梵蒂岡是世界上最小的國家，每天都有大約三萬人前來旅遊**。戴上耳機，你聽見了導遊的聲音。你輕輕咬著嘴唇內側。媽媽的話就像曙光，掠過你的腦海。忘了是什麼時候，媽媽問你世界上最小的國家是哪兒，如果將來有機會去旅遊，幫她帶串玫瑰念珠回來。這個世界上最小的國家。你猛地一驚，不就是這裡嗎？梵蒂岡。

你戴著耳機，穿過躲避著陽光坐在大理石台階上的人群，獨自走進了博物館。玫瑰木做的念珠，博物館的雄壯壁畫和雕塑閃過你的眼前，接連不斷。應該有賣紀念品的地方吧，也許在那裡能買到玫瑰念珠。離開人群尋找玫瑰念珠的你，在西斯丁教堂停下了腳步。整整四年懸在高高的房梁上作畫嗎？巨大的壁畫和以前在書裡看到的有些不同，單是尺寸就足以征服所有人了。完成這項工作以後，如果腦袋還不歪，那才奇怪呢。你站在

《創世記》下面，創作者的痛苦和激情如潮水般湧向你的臉頰。你沒猜錯。走出西斯丁教堂，你就看到了兼賣書的紀念品商店。身穿白衣的修女們站在櫃檯對面，有位修女與你四目相對。

「您是韓國人嗎？」

修女的嘴裡流出了韓國語。

「是的。」

「我也來自韓國。您是我被派到這裡之後遇到的第一個韓國人。我四天前剛到。」

修女又笑了。

「有玫瑰念珠嗎？」

「玫瑰念珠？」

「就是用玫瑰木做成的念珠。」

「啊。」

修女帶著你來到櫃檯角落。

「您說的是這個嗎？」

你接過修女遞來的念珠盒，打開了蓋子。密封的念珠盒裡洋溢著薔薇的芬芳。媽媽知道這種氣味嗎？

「今天早晨神父祝福過了。」

這就是媽媽曾經說過的玫瑰念珠嗎？

「這種玫瑰念珠只有這個地方才能買到嗎？」

「不是的，這個到處都能買到，只不過這裡是梵蒂岡，這裡的玫瑰念珠更有不凡的意義。」

你怔怔地望著寫在念珠盒子上的「十五歐元」。你把錢遞給修女，你的手顫抖了。修女遞過念珠盒，問你是不是要送人禮物。禮物？還有機會送給媽媽嗎？會有嗎？你點了點頭，修女從櫃檯裡面拿出了印有《聖殤》圖樣的白色袋子，放入念珠盒，再封好。

你手裡拿著玫瑰念珠，走向聖彼得教堂。站在門口，你向裡張望。遠處是雄偉的青銅華蓋，圓形的天花板光芒閃閃。成群結隊的天使飄浮在壁畫的白雲裡。你邁步走向聖彼得教堂內部，遙望遠處上漆的巨大光環。你想穿越中央大廳過去看個究竟，然而你的腳步遲疑了。還沒走進去，你就被什麼東西強烈地吸引住了。是什麼呢？你穿過人群，朝著猶如磁鐵般吸引你的東西走去。人們彷彿看見了什麼，紛紛抬頭，仔細觀察。《聖殤》——聖母懷抱死去的兒子，被關在防彈玻璃之內。你被一股莫名的力量牽引著穿過人群，走到聖母憐子像前。聖母懷抱著剛剛嚥下最後一口氣的兒子。望著她端莊典雅的儀態，你僵住了。那真是大理石嗎？死去的兒子彷彿還保持著體溫。聖母把遺體放在膝蓋，低頭俯視兒子，眼神中滿是痛苦。死亡已經過去了，然而母子的身體依舊是那麼鮮活，彷彿用手指輕戳就會顫抖。這個女人，這個名不正言不順的母親，依然騰出膝蓋，讓死去的兒子躺在上面。他們是那樣生動，栩栩如生。你感覺有人在撫摸你的後背，連忙回頭張望。媽媽似乎站在你的身後。你明白了。每當感覺有什麼不對的時候，你就會想到媽媽，一直都是這樣。想到媽媽，你就會糾正自己的想法，內心深處重新點燃力量。即使在媽媽失蹤以後，你也還是習慣性地想打電話給媽媽。好幾次你都想打通電話給媽媽，卻又突然愣住了。你把玫瑰念珠放在聖母像前，跪了下來。聖母放在兒子腋下的手彷彿動了。懷抱著痛苦死去的兒子，聖母該有多麼悲傷？只是你看不見罷了。迴盪在耳畔的聲音全都靜止，天花板上的光芒也消失了。世界上最小的國家的教堂陷入了深深的沉默。你咬傷自己的嘴唇，柔嫩的內側皮膚不停地滲出血滴。你吞下血滴，勉強抬起頭，仰望聖母。你情不自禁地用手心去撫摸防彈玻璃。如果可以的話，你想幫聖母闔上那雙悲傷的眼睛。你感覺到媽媽生動的氣息，彷彿昨天同床而臥，今天早晨醒來在被窩裡剛剛抱過媽媽。

那是冬天，你從外面回來，小手凍僵了。媽媽用她粗糙的雙手捧住你的小手，拉著你走到廚房爐灶前。「哎喲，手都凍成冰塊了！」媽媽抱著你，坐在爐灶前面，還是捧著你的雙手，不停地搓來搓去，想讓你的手快快變得溫暖。那時候，你感覺到的就是這樣的氣息。

聖母的手指托住已經斷氣的兒子，長長地伸了出來，彷彿想要撫摸你的臉頰。聖母艱難地托起兒子滿是釘痕的雙臂。你跪在聖母面前，直到教堂裡的遊客全部離去。有一瞬間，你猛地睜開眼睛。你目不轉睛，緊緊盯著聖母充滿悲傷的眼睛下面的嘴唇。聖母緊閉著嘴唇，帶著不容侵犯的高貴。你發出了沉沉的嘆息。聖母典雅的雙唇超越了眼神的悲傷，抵達了悲天憫人的境界。你又看了看聖母死去的兒子。他的手臂和腿靜靜地垂在母親的膝蓋上。儘管死了，他依然享受著母親的安慰。如果你說要去旅行，家人肯定以爲你已經斷了尋找媽媽的念頭。你知道自己無法打消他們的疑慮，於是沒有告訴任何人你要去羅馬的消息。難道你遠道而來，就是爲了看看聖母嗎？也許在他說要去參加學術研討會，問你要不要去義大利的瞬間，你的腦海裡已經下意識地想起了這尊懷抱兒子遺體、沉浸於悲憫情懷的聖母像。

站在這兒，你有個虔誠的心願，那就是再次見到遠隔萬水千山的亞洲大陸盡頭的小小國度的無名女人。不，也許不是。也許你知道，媽媽已經不在這個世界了。也許你是想說：請不要忘記媽媽，請垂憐我的媽媽。你看見了坐在透明玻璃那邊的臺座上面，伸開柔弱的雙臂，擁抱創世以來人類的全部悲傷的聖母像，這時候你卻什麼也說不出來了。你失魂落魄地凝望著聖母的嘴唇。淚珠潸潸滑落，自你緊閉的眼睛流下。你踉踉蹌蹌地倒退著離開了。信徒們列隊走過你的身邊，好像要望彌撒了。你走到教堂門口，惘然若失地俯視著長長的迴廊和縈繞著奪目光芒的廣場。直到這時，你終於說出了沒能在聖母像前開口的那句話。

請照顧我媽媽……

作者的話

能夠聽母親說話，這是我的幸運

去年冬天，我和母親一起在我家裡生活了大約半個月。三十年沒有這樣了。自從青春時代離開母親，這還是我第一次陪著母親度過這麼長的時間。每天早上醒來，我就去母親睡覺的房間。不管我什麼時候推開房門，母親總是醒著。我走進房間，母親隨口問：「進來做什麼呀？」同時也感嘆：「我和你還有這樣的機會……眞好。」我們面朝天花板躺著，談起從前的事。曾經遺忘的往事充滿了母女二人並肩躺著的房間。日子久了，我漸漸發現，許多尙未解決的往事猶如樹根般在母親的腦海裡痛苦交織。有時母親變得很柔弱，趴在我懷裡哭泣，卻又突然回過神來，慌忙回到母親的身分，自言自語，「哎呀，我怎麼了！」我眞切地感覺到了，母親的需要並不多，而是有人聽她訴說。

不過，我並沒有溫順地聽媽媽說話。針對某些事情，我會大聲和母親爭論，「才不是這樣！您爲什麼要這麼想！」有時候我們聆聽著彼此的呼吸，背靠背躺在一個被窩裡。有時母親傷心了，收拾好行李張羅著回家。即便如此，我還是覺得那些清晨時光都很幸福，而且是完完整整的幸福。幸福的餘韻是那樣悠長而深遠。然而這餘韻究竟來自何處呢？我思考了很久。母親仍在我身邊，我躺在母親旁邊，等待清晨降臨。能夠聽母親說話，這是我的幸運。

如果我說是當時的幸福促使我堅持寫完了這部小說，讀者會相信嗎？因為小說裡的母親被我寫得那麼不幸。這的確是事實。我想，我不能獨享那些清晨的幸福。那種幸福不吐不快啊。我想告訴大家，這件事還不晚。我告訴大家的方式就是這部小說。這樣的心情誕生了這部小說的第一句話：**媽媽失蹤已經一週了**。連載結束後，我又冥思苦想了很久，最後為了挽救媽媽，我又寫了〈玫瑰念珠〉。之所以選擇**媽媽失蹤的第九個月**作為該章的開篇，是想傳達我們還有時間去理解母親、愛母親、照顧母親。我想留下餘地，母親只是失蹤了，還有找到的希望。我們的母親猶如空殼，站在你我的身後。她們為我們做出的犧牲難以計算。我只想努力還原母親為我們付出的愛、激情和犧牲。如果母親們曾被埋沒的人生，具有某種程度上的社會意義，把她們的歲月記錄下來，是我當作家的樸素心願。

稿子寫完後，我做的第一件事就是打電話給鄉下老家的母親。當時已經是晚上十點多了。父親接起了電話。我問母親睡了沒，父親說她在儲藏間裡。在儲藏間裡做什麼？這麼晚了？父親說母親在儲藏間裡剝蒜。母親在我小時候讀書的儲藏間裡連夜剝蒜？我又撥通了母親的手機，嚷嚷問著母親爲什麼深更半夜還在剝蒜。母親不以爲意地說：「我睡不著啊……馬上就到醃泡菜的時候了，每天剝幾顆蒜，這樣很好。」第二天，我寄出稿子，又打電話給母親。這回母親在豆田裡。母親心疼地說：「因爲乾旱，豆秧都死了。」

年過古稀，卻依然在剝蒜，依然因爲不下雨而焦急地站在豆田裡。我的母親就是這樣的人。這想法常常給以寫作維生的我帶來活力。不知從什麼時候開始，我發現自己每次寫不出東西，或是失去平衡的時候，就會打電話給母親。這時，母親就像唱歌似的滔滔不絕地講起我來到這個世界之前就已存在的人和事。有時我靜靜地拿筆記下母親說過的話——有人沒有犯錯卻遭遇挫折，仍然不肯放棄自己的人生，繼續追尋夢想，繁衍出更多的愛，從而讓人生邁向新階段。他們的秘密成了我的小說。母親說，她告訴我的並不是自己的故事，而是從別人那裡聽來的。哪怕母親說的都是頻繁發生在宇宙裡，轉瞬即逝的瑣碎小事，我在寫作當中也會突然領悟，正是這些故事使我不斷擁有夢想，而且母親也希望她說的故事能夠透過我，轉達給這個世界上的人們。

除了寫作，我其實不適合做其他事。意識到這些，我也不知道是幸運還是不幸。似乎是我自己選擇了這條路，卻又像是早已注定。母親常常希望我不要像她那樣生活，然而我卻想沿著母親的道路繼續前行。母親的身心全部交給了我，然而在睡不著的夜裡，她還是要去剝蒜，再用剝好的蒜醃泡菜，然後寄給我。如果黃豆收成不好，母親就去市場買來黃豆，做成清醬寄給我。

我是這樣的母親的女兒，我也能夠在這條路上繼續走下去。我相信。

申京淑　二〇〇八年，秋

《請照顧我媽媽》
關於這本書，這些人
——專訪特輯

Eurasian Publishing Group
圓神出版事業機構
用心與你對話・視野無限寬廣
圓神出版社
Eurasian Press

http://www.booklife.com.tw

reader@mail.eurasian.com.tw

當代文學 156

請照顧我媽媽

作　　者／申京淑
譯　　者／薛舟・徐麗紅
發 行 人／簡志忠
出 版 者／圓神出版社有限公司
地　　址／台北市南京東路四段50號6樓之1
電　　話／（02）2579-6600・2579-8800・2570-3939
傳　　真／（02）2579-0338・2577-3220・2570-3636
郵撥帳號／ 18598712　圓神出版社有限公司
總 編 輯／陳秋月
資深主編／李宛蓁
責任編輯／莊淑涵
美術編輯／金益健
行銷企畫／詹怡慧・朱智琳
印務統籌／劉鳳剛・高榮祥
監　　印／高榮祥
校　　對／朱玉立・莊淑涵・李宛蓁
排　　版／莊寶鈴
經 銷 商／叩應股份有限公司
法律顧問／圓神出版事業機構法律顧問　蕭雄淋律師
印　　刷／祥峯印刷廠
2011年5月　初版
2019年11月　再版　2023年10月　10刷

本書由韓國文學翻譯院資助發行。

定價 300 元　　ISBN 978-986-133-574-2

每一本書，都是有靈魂的。
這個靈魂，不但是作者的靈魂，
也是曾經讀過這本書，與它一起生活、一起夢想的人留下來的靈魂。
——《風之影》

國家圖書館出版品預行編目資料

請照顧我媽媽〔全球搶讀．插畫書封版〕/
申京淑 著；薛舟，徐麗紅 譯.
- 再版. -- 臺北市：圓神, 2019.11
288 面；14.8×20.8 公分. --（當代文學；156）

ISBN 978-986-133-574-2（平裝）

862.57　　108016675

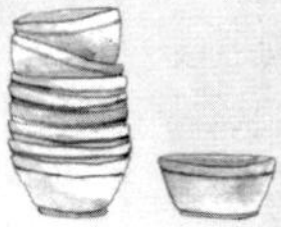

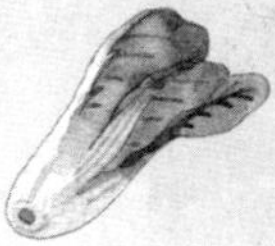